無名子集

이 책은 2013년도 정부(교육부)의 재원으로 한국고전번역원의 지원을 받아 수행된
'권역별거점연구소협동번역사업'의 결과물임.

This work was supported by Institute for the Translation of Korean Classics - Grant funded
by the Korean Government.

韓國古典飜譯院　韓國文集校勘標點叢書

無名子集 3

尹愭　著　　金菜植　校點

凡例

1. 이 책은 尹愭의 文集인 《無名子集》을 校勘·標點한 것이다.
2. 이 책의 底本은 韓國文集叢刊 第256輯에 실린 《無名子集》이다.
3. 原底本은 후손 尹炳曦 집안 소장본으로 異本이 없는 唯一本이다.
4. 底本에서 判讀이 어려운 글자는 原底本을 參考하여 補充·訂正하고 校勘記는 달지 않았다.
5. 본문에 쓰인 異體字는 代表字로 고치고 校勘記는 달지 않았다. 代表字의 판단은 韓國古典飜譯院 〈異體字處理一覽表〉(2011)를 準據로 하였다.
6. 筆寫 과정에서 관행적으로 通用하던 글자는 文脈에 맞게 고쳐 쓰고 校勘記는 달지 않았다.
   例) 己 已 巳
7. 이 책에서 사용한 標點符號는 다음과 같다.

。	疑問文과 感歎文을 제외한 文章의 끝에 쓴다.
?	疑問文의 끝에 쓴다.
!	感歎文이나 感歎詞의 끝, 강한 語調의 命令文·請誘文·反語問의 끝에 쓴다.
，	한 文章 안에서 일반적으로 句의 구분이 필요한 곳에 쓴다.
、	한 句 안에서 병렬된 語彙 및 名詞句 사이에 쓴다.
；	複文 안에서 구조상 분명하게 並列된 語句 사이에 쓴다.
：	완전한 引用文의 경우 引用符號와 함께 쓰거나, 話題 혹은 小標題 語로서 文章을 이끄는 語句 뒤에 쓴다.
" " ' '	직접 引用한 말이나 強調해야 하는 말을 나타내는 데 쓰되, 1차 引用에는 " "를, 2차 引用에는 ' '를, 3차 引用에는 「 」를 쓴다.
【 】	原文의 註를 나타내는 데 쓴다.
·	書名號(《》) 안에서 書名과 篇名 등을 구분하는 데 쓴다.
《 》	書名, 篇名, 樂曲名, 書畫名 등을 나타내는 데 쓴다. 모점(、) 하위

단위의 병렬에 쓴다.

___ 人名, 地名, 國名, 民族名, 建物名, 年號 등의 固有名詞를 나타내는 데 쓴다.

□ 빠진 글자의 자리에 쓴다.

▨ 훼손된 글자의 자리에 쓴다.

目次

無名子集 詩稿 冊五

詩

無名子集 詩稿 冊六

詩

無名子集

詩稿　冊五

詠史

詩

詠史【因閱曾先之《史略》而作】

木實可茹巢可居，燧人何事始鑽歟？
生民萬世無窮禍，蓋莫不由火食初。
【《詠史》千首，及下《詠東史》六百首，引古鑑今，折衷於義理，皆所以障
人慾而扶天常者。】

其二

首出聖人是伏羲，如何傳與女媧治？
遂基後世臨朝禍，呂、武滔滔足可悲。

其三

鴻荒之世聖人生，頗怪斯時已戰爭。
一自阪泉、涿鹿後，遺風萬古但窮兵。

其四

僉於帝咈已明知，九載弗成始黜之。
三考績熙那復見？授官未幾輒遷移。

其五

舉之畎畝付斯民，欲試不過二女嬪。
此意後來誰識得？徒將外面以觀人。

其六

自民視聽摠由天，舜、禹相傳是與賢。
學聖千秋惟此事，欲攘其國必稱禪。
【禪字本去聲，而前人亦有用於平聲者。】

其七

至公無我聖惟能，旣殛羽山乃嗣興。
若使後人當此事，舜何以舉禹何承？

其八

自責桑林奈民何，至誠潛格卽滂沱。
後世遵仍聊備例，曰胡不雨我祈多。

其九

雉升鼎雊穀兼桑，遇警自修殷道昌。
臣伊臣己空留訓，後世安知不謂祥？
【伊、己，祖伊、祖己。】

其十

《盤》誥三篇出矢言，當時誰不感君恩？
堪歎後來無此事，鞭驅靡虮萬民冤。

其十一

傅巖何事感殷宮？恭默誠心照鏡同。
風羊以後惟斯夢，文帝只能得鄧通。

其十二

虐貪飾拒與同規，格獸伸鉤又似之。
不待後來妺、妲寵，夏、殷宗社已難支。

其十三

妺從施氏妲從蘇，褒姒入周西子吳，
一女足能亡敵國，謀人何必舉兵屠？

其十四

池酒肉林役殫民，妺欣牛飲妲炮人。
逢、干諫死湯、文繫，辛、癸分明前後身。

其十五

會彼塗山玉帛云，防風戮處賞刑分。
須看扶婁朝夏禮，吾東事大自檀君。

其十六

美女奇珍走毫京，羑囚既脫聖人寧。
堪歎後來行賂輩，紛紛藉口散宜生。

其十七

斷髮荊蠻以讓之，我東初載亦同規。
若非泰伯、仲雍德，猜害機謀無不為。

其十八

天作君師蓋佑民，擇賢與否在乎人。
至今尚有殷時恨，不立微、箕立帝辛。

其十九

微子去之比乃剖，如何箕聖獨全軀？
天欲吾東被禮義，故教當日但囚奴？

其二十

命絶獨夫一日間，聖王誅暴尙殷頑。
若使當時立微子，夷、齊應不餓西山。

其二十一

釋囚訪道屈王躬，罔僕微、箕宋又東。
後世猜疑何太甚？殲夷不暇況分封。

其二十二

古人觀感便羞前，虞、芮質成是自然。
後世尙嘆兄弟訟，肯相推讓作閑田？

其二十三

困窮莫展《六韜》雄，只是漁磯一老翁。
當時若不逢西伯，後世誰知有太公。

其二十四

天下宗周一戎衣，恥之不粟獨言非。
後世若聞歌易暴，首陽肯許采其薇？

其二十五

流言當日聖難明，二載避居但盡誠。
縱使風雷終感悟，後人未必敢東征。

其二十六

周主陝東召主西，當時至化二南齊。
若使後人行此事，安能夾輔不相擠？

其二十七

奇祥自至氣之和，白雉遙飛海不波。
赤鴈蒼麟相望史，後來異瑞一何多？

其二十八

君臣大變是膠舟，八駿遊行反忘讎。
直至齊桓方討罪，宜乎徒取問濱羞。

其二十九

徐子乘時作亂云，退之碑刻謂仁君。
異同眞贗誠難辨，今世如何驗古文？
【退之《徐偃王碑》，與史異。】

其三十

八駿徑辭王母家，征戎討偃亦堪誇。
《白雲歌》曲瑤池上，恨不優游度歲華。

其三十一

長驅八駿掃徐塵，讎反爲功彼楚人。
白狼白鹿張牙角，盍作先鋒漢水濱？

其三十二

穆天子後德無彰，共、懿、孝、夷漸可傷。
莫道下堂楚始僭，君綱掃地自昭王。

其三十三

得一衛巫自謂神，喜能弭謗肯修仁？
若要如意防民口，何不盡誅天下人？

其三十四

二相共和板蕩秋，依然分陝兩公休。
十四年間無一事，得非天意尚存周！

其三十五

周室中興化復流，宣王亦賴吉、山儔。
遺詩《鴻鴈》還堪歎，子晉也曾比厲、幽。
【王子晉云："自我先君厲、宣、幽、平，貪天之禍，至于今未弭。"】

其三十六

滅周已兆夏庭㻮，養禍遲遲似有期。
妹、妲亦應鍾戾氣，肇胎又是在何時？

其三十七

入女王家禍欲逃，古今此計遂滔滔。
若論三代蠱君罪，上自施、蘇下及褒。

其三十八

忍忘艷妻死賊鋒，魂應未暇卹周宗。
三綱已絕亡無幸，未必專由舉僞烽。

其三十九

召戎弒上卽申侯，恩報戍申不識羞。
有是父來有是子，父求殺子子忘讎。

其四十

討傴元非臣職修，僭王又敢首諸侯。
當時莫怪輕周鼎，前日曾無問漢舟。

其四十一

迹熄詩亡吾道窮，《春秋》一部萬年功。
誰知王者治平法？却在聖人筆削中。

其四十二

篡弒相尋自及災，子朝、叔帶又王嵬。
莫道三侯非所命，天家倫理已先頹。

其四十三

溫公《通鑑》義精微，託始三侯孰敢譏？
《揚水》、《無衣》多感慨，紫陽曾歎迷先幾。

其四十四

伯、仲逃之歷則當，古公遺志幸無傷。
若使此時如季札，周宗何以得傳昌？

其四十五

三子相傳父意深，延陵高義使人欽。
後世只將末節議，謾稱懸劍不欺心。

其四十六

愎諫信讒亡自求，鴟夷冤血大江投。
惟有一端差可取，姑蘇幎冒尚知羞。

其四十七

英魂憐爾死猶豪，白馬乘潮亦太勞。
忠諫見疏宰嚭用，此時何不奉身逃？

其四十八

齊、越尊名弊屣同，翩然水國伴冥鴻。
千秋宦海浮沈者，得不愧乎少伯風？

其四十九

聖人政化在威庸，蔡叔放之蔡仲封。
嗟嗟後世罰延嗣，其父罹辜子不容。

其五十

不鼓於儳不困人，千秋爭笑宋襄仁。
一戰雖殲言足聽，列爲五伯豈無因？

其五十一

熒惑徙心桑穀枯，德昭災滅理相符。
後世非無修省例，彼天不應胡爲乎？

其五十二

祥反爲災災反祥，吉凶在德亦何常？
試看康王騵有瑞，占之曰霸喜而亡。

其五十三

周公地處萬人超，吐握高風訓戒昭。
嗟嗟薄俗皆能挾，一有勝他便自驕。

其五十四

深誠誨導父師兼，王過撻禽意蓋嚴。
儻使後人居此地，欲行其事得無嫌？

其五十五

治齊治魯二公殊，逆料他時若合符。
儻識末流皆有弊，盍思萬世可無虞？

其五十六

誅卯元無載籍昭，浮夸《左氏》亦寥寥。
未敢輕憑荀況說，紫陽定論仰雲霄。

其五十七

昭出乾侯公室殘，至哀招越又堪嘆。
若用仲尼成治化，神功奚止去三桓？

其五十八

夫子、思、輿不遇皆，定、哀先失繆、平偕。
既知其聖莫知用，魯后一何世世乖？

其五十九

子路何心仕衛初，其君無父爲臣於。
獨也結纓冠不免，聖門學道只斯歟？

其六十

楚聘仲尼陳蔡圍，卒能解脫賴興師。
憂他用聖危其國，何不迎之使不危？

其六十一

晉肹、齊嬰與鄭僑，其賢非比楚西驕！
使爾眞知夫子聖，薦公何不喜同朝？

其六十二

王幼戲言史佚成，叔虞幸可命無更。
遂非後弊誠難啓，子厚千秋辨說明。

【柳文有《桐葉封弟辨》。】

其六十三

賞從如何獨漏渠？焚躬亦是怨君疏。
不近人情那足貴！也應心惡割剕初。

其六十四

晉沃、齊田不軌尤，先行小惠衆心收。
簒國弒君人得討，周王何事命爲侯？

其六十五

孰謂夷吾智計明？奔時從弟不從兄。
料得心知鮑叔薦。反忘糾、忽獨求生。

其六十六

大斗予民小斗收，陰鉤齊衆就如流。
私恩尚可移人國，何況仁心洽九州。

其六十七

齊、楚威、莊初不治，未知泄泄待何時？
假如當日仍亡滅，縱欲蜚鳴恐莫施。

其六十八

文風稷下百千從，亞聖遠來反不容。
宣王喜士非眞喜，恰似葉公好畫龍。

其六十九

減煙斫白計謀奇，何不初年學衛葵？
遮莫聲名垂萬古，息黥補刖亦無期。

其七十

田文狐白身能全，無忌屓符命自專。
堪笑當時軍國事，只由宮女一周旋。

其七十一

齊亡復振是誰因？賈母片言大義伸。
始知當日遺君輩，不及閨中一婦人。

其七十二

馮驩、毛遂謾充賓，只是無名碌碌人。
待他焚券定從日，錐脫囊中鋏不貧。

其七十三

誦辭懷簡正心源，獎義爲民又足言。
紛紛濁世誰能比，授國亦惟伯魯孫。
【趙襄子無卹。】

其七十四

智瑤無厭理宜亡，獨不與求是趙襄。
晉陽獲勝由天幸，恨未當初學太王。

其七十五

衆人國士强分張，是亦二心節義亡。
吞炭漆身空自苦，愧君不死范、中行。

其七十六

一笑自詫妻嫂恭，當時愚主幸皆逢。
莫言辯舌能籠絡，秦惠如何獨不從？
【蘇秦初說秦惠王，不用。】

其七十七

貴由趙孟死由燕，意氣當時不羨仙。
如將禍福論身計，未若躬耕二頃田。

其七十八

英藺勇荊摠謂賢，何曾國祚賴遲延？
鄒聖幸來猶不用，齊、梁厚幣亦徒然。

其七十九

趙王將括意堅持，藺諫母書摠拒之。
任賢却譖能如此，天下何憂不皥熙？

其八十

趙爲良將楚無功，斗飯據鞍謾示雄。
堪笑區區思用語，欺人强欲掩衰癃。

其八十一

暗主信讒自謂明，怯於任用勇於刑。
莫怪趙遷誅李牧，古今何限壞長城？

其八十二

隨處驕人是病根，却將貧賤較他論。
猖狂遂作莊周學，未必不由此一言？
【田子方。】

其八十三

殺妻求將忍何如？不近人情又吮疽。
謂渠只是貪功者，在德一言却起予。

其八十四

從則隨之橫則隨，當時六國似嬰兒。
只怪有何心所主，孟言迂闊獨能知。

其八十五

蘇、張、范、蔡儘堪哀，各自一時逞口才。
恰似春花隨早晚，此花落又彼花開。

其八十六

蹈海高風不願臣，新垣遊說彼何人？
可憐六國自亡滅？畢竟那能免帝秦！

其八十七

竊符殺將不容誅，何物老翁籌策紆？
始知當世三千客，盡是雞鳴狗吠徒。

其八十八

殺相報人敢自專，除非強盜孰能然？
姊嫈亦是無髯政，都市哭尸謂弟賢。

其八十九

商於地廣武關悠，誑則信之會則投。
屈子忠言偏見阻，懷王亦有肺腸不？

其九十

勇士辱齊兵伐秦，一貪一忿敵強隣。
雄豪意氣終安在？啼罷楚魂泣楚人。

其九十一

忠言莫挽入殽函，及至頃襄又被讒。
《離騷》一曲湘江淚，未制強秦草木芟。

其九十二

原、春養客擅東南，不識西隣虎視耽。
但將豪侈爭相尚，一見履珠便大慙。

其九十三【下十二卷己卯條，有《聽兒輩讀史》廿絶。○"楚歇、秦韋變羋嬴，
千秋巧智孰能京？畢竟未聞全性命，不如守分過平生。"】

羋黃嬴呂孰能明？前後同規計幸成。
畢竟猜疑身被殺，不知何苦費經營？

其九十四

先從隗始太無廉，師事築宮又不謙。
若令後世行玆事，定有人言且有嫌。

其九十五

聽譖庸君自壞城，廉頗、樂毅摠逃生。
繆公獨有知人鑑，不以喪師替孟明。

其九十六

齊襄邪行魯桓愚，《詩》揭《南山》與《載驅》。
彭生事後無知又，天道昭昭不可誣。
【公子彭生弒魯桓公，無知弒齊襄公。】

其九十七

魯莊金僕射南宮，技藝威儀儘可雄。
如何不得防閑母，《敝筍》、《猗嗟》揭國風。

其九十八

千古奇談是易王，公然讓國促危亡。
哲惠若非堯與舜，其臣為篡君為荒。

其九十九

小勇只懷爹養私，白衣歌筑亦云奇。
一去不還斯已矣，如何浪殺彼於期？

其一百

平王只德迻之東，棄地忘讎保厥躬。
可惜岐西八百里，一朝都付秦襄公。

其百一

岐、豐土地與人民，周未亡時忽入秦。
不待赧王頓首獻，代興已兆詠《車鄰》。

其百二

秦穆爲君鮮可疵，用人悔過孰如斯？
獨恨三良臨穴惴，交交黃鳥至今悲。

其百三

穆公亂命康公從，忍迫三良納墓中。
多憨魏顆、陳乾子，不孝不仁罪不容。
【魏、陳不從父亂命。】

其百四

商君信法變民風，委任責成是孝公。
當日幸無人譖間，不然曷致富強功？

其百五

論今引古又尋盟，甘茂逆料儘自明。
儻如王意聽樗、㺵，息壤雖存孰得爭？

其百六

好還天道古今存，福有其基禍有門。
試憶長平前日事，杜郵驚血不為冤。

其百七

危亡在即莫知憂，徼幸荊卿劍報仇。
怪底其心迷且忍，斬丹能退敵兵不？

其百八

入秦因變費心多，富貴商於只頃俄。
一朝奔走無歸處，車裂其身可奈何？

其百九

領取邯鄲絶美姬，潛移人國又何爲？
誰知奇貨成奇禍？枉弑嬴兒立呂兒。

其百十

《呂氏春秋》好文章，千金一字揭咸陽。
奇才可恨貪奇貨，絶代佳姬又未忘。

其百十一

《孤憤》、《說難》謾欲干，死於人手亦堪嘆。
渠身自是韓公子，忍敎秦王首滅韓？
【韓非作《說難》、《孤憤》，使於秦，說秦滅韓，李斯疾而間之，下吏遺之藥。】

其百十二

秦政虎威且莫誇，想來堪笑亦堪嗟。
如何十二金人後，沙中副車澤斬蛇？

其百十三

衝風暴雨屢經艱，翠鳳靈鼉幸穩還。
如何獨侈封松渥，不報湘祠反赭山。

其百十四

童男童女說荒唐，仙藥三山又渺茫。
此行不是無心者，定欲遙追擊磬襄。

其百十五

狙擊沙中義勇兼，誤椎亦足聳民瞻。
當時大索終無獲，誰謂秦皇號令嚴。

其百十六

自謂雄豪却甚愚，築城斂怨備匈奴。
嗤渠浪信亡秦讖，不識宮中養得胡。

其百十七

族夷腰斬五刑俱，酷禍也應萬古無。
此事爾知殃祟否，燒書不足又坑儒。

其百十八

意氣雄豪轢古今，焚書新請契宸襟。
彼斯豈必眞非古？直是逢君固寵心。

其百十九

必亡無幸是秦皇，不去扶蘇秦不亡。
一諫坑儒胡大罪，遽驅長子出遐方？

其百二十

亡不自憂氣謾雄，先營前殿意無窮。
可憐衡石量書日，未擇令名死祖龍。
【一作命已終。○阿房宮成，欲更擇令名。】

其百二十一

斯、高與亥侍輼車，萬事淒涼帝業虛。
生前意氣今安在，遺臭惟能亂鮑魚。

其百二十二

始拒奸謀卒立胡，秘喪矯詔作良圖。
問爾既居丞相位，盍思誅趙逆扶蘇？

其百二十三

窮心悉欲作良謀，桀、紂曾爲此語不。
望夷閻樂麾兵日，縱擬終年亦末由。

其百二十四【下十二卷《聽兒輩讀史》。“志雄才小最堪悲，張楚聲名直片時。傭耕舊伴應無恙，鴻鵠還爲燕雀嗤。”】

夥頤張楚太驕盈，莊賈手中斷送輕。
鴻鵠不如燕雀拙，故鄉何事輟傭耕？
【陳勝爲其御莊賈所殺。】

其百二十五

防侵伐叛是常情，二世獨甘聵且盲？
幸人來告胡爲怒，姑曰無憂以待兵。

其百二十六

勝遣武臣徇趙藩，臣令韓廣略燕原。
自立爲王轉相效，應將張楚作淵源。

其百二十七

敵萬未能保厥生，只應書劍可流名。
垓下作歌仍斬將，當初誰謂學無成？

其百二十八

起兵仍卽自爲王，陳、武、田、韓摠若狂。
獨有耳、餘推趙歇，也應懲彼立旋亡。
【陳勝、武臣、田儋、韓廣，爲楚、趙、齊、燕王。】

其百二十九【十二卷《聽兒讀史》。○"七十好奇往說梁，爲從民望立懷王。如何立視江中變，反使新城漢發喪？"】

求得楚心勸立曾，陽尊密擊却連仍。
若論使羽失天下，不在漢王在范增。

其百三十【十二卷《聽兒讀史》。○"倉廁中間自處明，一時只欲賭功名。若使當時仍見逐，蒼鷹黃犬有誰爭？"】

蒼鷹黃犬樂無雙，何事咸陽魂反慺
倉鼠可憐爲廁鼠，身蒙不潔斃於猲。

其百三十一

丞相誤耶鹿馬疑，權奸欺蔽乃如斯。

當時尙有諸言鹿，後世誰能辨白緇？

其百三十二【十二卷《聽兒讀史》。 ○"將驕必敗獨能言， 卿子冠軍不世恩。
頗怪責人忘責己，帳中忽散劍頭魂。"】

料梁必敗儘如神，何事驕私禍及身？
項羽一言眞大義，懷王未可謂知人。
【宋義。】

其百三十三

旣殺扶蘇立子嬰，非渠不黜實天明。
斯夷亥弒高仍族，爲是君臣罪貫盈。

其百三十四

奮思先入氣森森，獨遣沛公意反深。
不待後來如約語，當時已有虎狼心。

其百三十五【十二卷《聽兒讀史》。 ○"騎士丁寧託第言，高陽傳舍市君恩。三寸掉來烹八尺，不如終老里監門。"】

傳舍召來踞洗迎，豎儒嫚罵視爲榮。
三寸可憐齊鼎爛，不如鄉里作狂生。

其百三十六

不殺子嬰約法三，除苛布德遠淫貪。
創業規模雖甚美，肇修人紀奈多慙？

其百三十七

隨事曾無勸諫深，只將急擊作良箴。
問爾既知天子氣，如何強欲逆天心？

其百三十八

冠玉兵仙棄以資，鯁臣亞父與鍾離。
屠坑燒掘兼收貨，只是無謀強盜爲。

其百三十九

厭秦天意降劉邦，彼羽虛誇九鼎扛。
鴻門玦劍徒勞爾，白璧完時玉斗撞。

其百四十【十二卷《聽兒讀史》。○"季父之親爲敵牒，不忠數罪爾其尤。使後人臣何所效？丁公被戮伯封侯。"】

楚爲懷二漢爲功，親則不仁臣不忠。
若欲割私明大義，先誅項伯次丁公。

其百四十一

說羽都關儘善謀，却思衣繡且宜休。
不勝躁忿自招禍，我謂韓生是沐猴。

其百四十二

五星東井漢初題，宋運開時又聚奎。
三代以來惟兩國，精華露象故相齊。

其百四十三

識得英雄飯淮陰，一言能激丈夫心。
蓐食下鄉寧不愧，楚王厚報又辭金。

其百四十四【十二卷《聽兒讀史》。 ○"追信者何給信何，追來給入摠由他。若使當時便亡去，何雖善給亦無那。"】

說楚從巴汲汲求，藏弓烹狗爲身謀。
丞相若非追得及，名雖未就禍無由。

其百四十五

受金盜嫂何如人，魏、楚亡蹤又是眞？
若使漢王聽勃譖，不知甚處更容身。

其百四十六

社肉均分爲宰年，自云天下亦能然。
如何滎廣圍城裏，牢具獨於亞父偏？

其百四十七

漢之爲漢是誰因？縞素言行大義伸。
當時若定功臣次，合置董公第一人。

其百四十八【十二卷《聽兒讀史》。 ○"彭城高會位堪咍，縞素發喪安在哉？
若使諸侯聲此罪，敗軍未必後歸來。"】

貨女彭城日宴嬉，董公大義豈眞知？
儻非風潰圍三帀，敗滅永爲後世嗤。

其百四十九

當世兵仙敎者誰？千金廣武便師之。
滔滔小見皆驕甚，縱有可師孰肯師。

其百五十

意忌信讒疽范增，有疑可隙敵因乘。
若使項王知委任，平謀雖巧亦安能。

其百五十一

紀信焚躬救漢亡，千秋大節尚餘光。
若令不殺表忠義，天下聞風死項王。

其百五十二

馳壁奪軍若入虛，元戎臥帳備何疏？
將兵莫道臣爲勝，只此一番已不如。

其百五十三【十二卷《聽兒讀史》。 ○"一杯分我忍能言，賴此得全亦強論。若使項王依所願，未知何面立乾坤。"】

分我若翁語不倫，冠猴於此太寬仁。
儻使一杯相送與，漢王當作何如人？

其百五十四

羽罪十條次第論，却將王漢最先言。
始知只欲伸私忿，夢裏何嘗義理存？

其百五十五【十二卷《聽兒讀史》。○"涉、徹甘言空自迴，罪疑冤死徒堪哀。只是固陵期不至，直須分地引兵來。"】

自請假王王已疑，固陵追羽又違期。
雲夢械囚鍾室禍，誰知根祟在斯時？

其百五十六

楚、淮叛狀孰明之？鍾室千秋碧血滋。
知渠斷斷無他志，涉、徹來時以死辭。

其百五十七

歸公與后割鴻溝，婦貌胡爲不義謀？
縱使中分無失約，終知天命必膺劉。

其百五十八

紂能言命羽言天，今古獨夫摠可憐。
試請回思平日事，莫非爾罪使之然。

其百五十九

楚歌四面帳中歌，淚灑重瞳別舞娥。
蓋世英雄空自負，可能占得好山河？

其百六十

八年重到此江頭，捲土爭雄意未休。
亭長艤船還不渡，也應欲渡忽生羞。

其百六十一

於趙於齊再奪軍，君欺臣又臣疑君。
恩義不終葅醢日，只由權術託風雲。

其百六十二

二客剄從五百同，得人千古獨高風。
自宜南面雄天下，何事區區入島中？

其百六十三

季布郎中雍齒封，如何獨斬彼丁公？
兩賢一語收兵退，縱我免危爾不忠。

其百六十四

齊婁進說卽韓生，一見褒封一遇烹。
世間萬事多如許，不特其君有暗明。

其百六十五

宜陽喬木起悲風，五世遺臣送沛公。
殲秦馘項酬初志，黃石難從從赤松。

其百六十六

風塵初定禮儀須，正賴叔孫致魯儒。
休譏糠粃徒諧俗，肅敬何如擊柱呼。

其百六十七

絃誦不降守義能，兩生又恥叔孫徵。
始知先聖遺風遠，天下誰如魯可稱？

其百六十八

懷德讋威孰告謨？白登七日固匈奴。
長策只須二女子，一名公主一爲圖。

其百六十九

通起朝儀欲一新，襲秦之故便師秦。
如何後世皆遵此，爲是尊君且抑臣？

其百七十

相國陰猜公著銜，好機紿賀遂夷芟。
莫歎見欺兒女子，古今何限死誣讒。

其百七十一

干戈八載定風塵，過魯太牢祀聖人。
溺冠舊習寧知此？莫是傾心陸《語新》。

其百七十二

三尺屈群帝業恢，《大風歌》曲儘雄哉。
猛士此時菹醢盡，不知何處更尋來？

其百七十三【十二卷《聽兒讀史》。 ○“父不能招子則從，定非商嶺採芝翁。良雖被劫粧奇詭，高帝必是墮術中？”】

義不漢臣商皓風，輕身豈肯侍春宮？
借名只欲回君意，粧點何村四箇翁。

其百七十四

爲民請地相謨嘉，大怒胡爲械繫何？
韓、彭死後斯人在，駕御機權屈辱他。

其百七十五【十二卷《聽兒讀史》。　〇"白馬盟寒雄處尊，事皆惟意更誰論？

獨怪參、陵、平、勃用，一遵高帝臨崩言？"】

參、陵、平、勃一皆遵，呂雉於斯行最純。

事生事死隨時變，能用遺言有幾人？

其百七十六

尉勃、相陵奉遺音，王劉何不舊盟尋？

爲呂氏謀反貽禍，終知女子只偏心。

其百七十七

一王陵外更無陵，平、勃阿容摠應承。

怪他有甚前知術，料得渠生太后崩？

其百七十八

釋之持法犯雷霆，驚蹕儌環摠守經。

後世誰能持法奏？縱令持法亦難聽。

其百七十九

超遷一歲議公卿，宣室席前又寵榮。
大臣多短長沙謫，千載空憐痛哭誠。

其百八十

淳于幸賴女兒誠，感得仁君除肉刑。
後來縱有緹縈孝，悲苦何由徹上聽。

其百八十一

漢文仁德孰能追？再賜半租竟除之。
盛世遺風那復見，畝收箕斂事鞭笞。

其百八十二

親祀渭陽五帝祠，賢如文帝乃爲斯？
縱令方士能愚惑，何不懲秦反欲追？

其百八十三

何物新垣上大夫，玉杯刻壽敢欺誣，
賢如文帝猶如此，況彼庸君好詐諛。

其百八十四

漢文何事後元更？不法先王襲魏鎣。
降及武皇年有號，紛紛萬世遂遵行。

【魏惠與齊相王，始以三十六年改元稱一年。】

其百八十五

景皇無奈信讒誣，戮錯紲嘉殺亞夫？
莫言義薄君臣際，正后儲宮廢不辜。

其百八十六

恃才倚寵不知量，削地輕挑吳、楚強。
東市朝衣罹慘禍，智囊未免爲愚囊。

其百八十七

漢代醇儒獨仲舒，洋洋三策建元初。
如何只作江都相，空使千秋讀史書？

其百八十八

擊閩起苑又微行，武帝侈心此已萌。
土木、神仙、征伐事，乘時探意競逢迎。

其百八十九

信惑少君巧詐才，仙人朝暮見蓬萊。
渭陽廟後親祠竈，可驗詒謨有自來。

其百九十

懷德震威帝王猷，蠢戎其敢大邦讎？
恢、壹莫誇欺詐計，絕和擾塞反爲羞。
【王恢、聶壹、誘匈奴入塞而擊之，自是絕和攻當路塞。】

其百九十一

對策一篇儘好看，發蒙布被使人嘆。
始知曲學能阿世，丞相趨時帝不冠。

其百九十二

五利、文成罪已明，如何輒又信孫卿？
試看方士尙公主，多欲由來失性情。
【五利將軍欒大尙公主，文成將軍李少翁皆伏誅，又用公孫卿。】

其百九十三

曰邛曰蒟盡心求，善馬驅來數十頭。
蘇武纔爲典屬國，何功廣利海西侯？

其百九十四

窮兵黷武續亡秦，志拓四邊忘萬民。
業承文、景成何事？只得尊榮衛、霍身。

其百九十五

天下蕭然尙建宮，弘羊、孔僅始爲忠。
皇家自有仙人掌，胡箑舟車賣武功？

其百九十六

武皇隨事法秦皇，封禪巡遊歲作常。
經湖又似監蒙擧，只有弗陵付霍光。

其百九十七

寢郎拜相海仙空，詔下一朝倏責躬。
尋秦覆轍無秦禍，定是高皇默誘衷。

其百九十八

公孫涕泣竟罹誅，湯等峻刑亦喪軀。
酷吏理應終劓殄，相臣充位又何辜？

【公孫賀、張湯等皆罪死。】

其百九十九

蔚興經術與文章，能用人才有武皇。
戀黯既知臣社稷，如何十載棄淮陽？

其二百

莫譏方朔好詼諧，譎諷由來亦自佳。
禁闥周旋多補益，勝如汲黯十年淮。

其二百一

鉤弋無辜賜死時，武皇慮後乃如斯。
莫言著法烏乎敢，白馬舊盟亦棄之。
【胡氏曰：“誠能據春秋大義，妾母不得稱后，母后不得預政。著爲漢法，藏之宗廟，鉤弋雖欲竊位驕恣，烏乎敢？”】

其二百二

羝乳鴈書理所無，詭言何足紿匈奴？
胡虜亦知高節義，故因漢使送還蘇。

其二百三

管、蔡流言王亦疑，漢昭終不信讒欺。
若使帝明未至此，當年賜畫竟何裨？

其二百四

燕、蓋、上官富貴康，公然亂逆自殲亡。
去安就禍常情外，今古滔滔底肺腸？

【帝兄燕王旦，帝姊蓋長公主，皇后祖上官桀，父安。】

其二百五

盡殺獄中詔丁寧，直辭正色犯雷霆。
後世若當如許事，吉何敢拒帝何聽？

其二百六

曾孫才學膺休滋，石柳蟲文事事奇。
武帝既知天子氣，當時欲殺果何為？

【昭帝元鳳中，泰山大石自起立，上林僵柳復起，蟲食其葉，曰"公孫病

已立"。】

其二百七

子孟其如不學何？陰妻立女縱驕奢。
莫言宣帝恩眞少，顯禹、雲、山自滅家。

其二百八

君憚權臣天惡盈，背芒驂乘禍由萌。
忠如博陸猶如此，宦海能無寵若驚？

其二百九

霍氏專權何等時？徐生上疏免誅夷。
可憐當世能容諫，爲福訟冤亦聽之。

其二百十

渤海治繩牛犢新，潁川鉤距觟觿神。

始知教化勝威制，龔召水衡趙殺身。

【渤海太守龔遂，入爲水衡都尉，潁川太守趙廣漢，下吏腰斬。】

其二百十一

尹守固賢定國賢，能知未可託私偏。
堪嗟此世公行囑，强請不從繼勃然。

【尹翁歸爲東海太守，于定國欲託邑子，竟不敢見。】

其二百十二

魏相諫伐五兵論，正義堂堂感帝尊。
可惜武皇窮黷日，未聞汲黯有斯言。

【魏相諫伐匈奴，有義兵、應兵、忿兵、貪兵、驕兵之論。】

其二百十三

乞骸廣、受儘高賢，亦是《禮經》致仕年。
只爲世多充國輩，遂將千古一人傳。

其二百十四

方略金城告厥成，良由宣帝聽從明。
若非魏相任其計，其計雖便詎得行？

【趙充國。】

其二百十五

頸血忽驚北闕前，一書徒得衆人憐。
不勝婞直成謗怨，死失其宜詎謂賢？

【司隸校尉蓋寬饒奏封事，宣帝以爲怨謗，下之吏。寬饒自剄，衆莫不憐之。】

其二百十六

條請便宜去副封，四方異聞達宸聰。
庸邪一切皆相反，誰似高平賢且忠？

【高平侯魏相。】

其二百十七

不問死人問喘牛，三公京兆强分區。

延壽無辜猶立視，此時何物又當憂？

【左馮翊韓延壽坐事棄市。】

其二百十八

世人微善必鳴呼，誰似博陽斂若無？

雅懷謙德超千古，餘事鑑明杜與于。

【博陽侯丙吉臨卒，薦杜延年、于定國。】

其二百十九

能感訟民閉閣思，淳風漢世乃如斯。

今人縱欲身先教，未必誠心不忍欺。

【左馮翊韓延壽，民有兄弟相訟，乃閉閣思過，訟者各悔，不復爭。】

其二百二十

西漢循良志愛民，肯如流俗好更新。

若非黃霸明治道，廉吏應爲被逐人。

【潁川太守黃霸，長吏許丞老病聾，督郵白欲逐之，霸曰：「許丞廉吏，雖老尚能拜起，重聽何傷？凡治道去其太甚者耳。」】

其二百二十一

蕭、曹、丙、魏相流名，韓、尹、龔、黃吏有聲。
三代以來無此比，後人只幸鐵中錚。

【蕭何、曹參、丙吉、魏相、韓延壽、尹翁歸、龔遂、黃霸。】

其二百二十二

築倉邊郡號常平，增減隨時以厚生。
後世只稱糶糴法，墜民溝壑莫之更。

【大司農耿壽昌。】

其二百二十三

廉潔無私爵至侯，廢非其罪可潛修。
不聽忠告書攄憤，自取殺身誰怨尤！

【平通侯楊惲，人告爲妖惡言，免爲庶人。治産自娛，其友孫會宗戒之，

惲報書以大逆無道，腰斬。】

其二百二十四

韓、楊、趙、蓋死何辜？漢法雖嚴亦可吁。

《周官》尚有賢能議，魏、丙諸人盍告謨？

【韓延壽、楊惲、趙廣漢、蓋寬饒。】

其二百二十五

孝宣嚴刻少平反，縱有功能罪不原。

當時擅殺兼亡命，張敞如何獨被恩？

【京兆尹張敞，殺掾絮舜，爲舜家所告，敞上書亡命，復爲冀州刺史。】

其二百二十六

呼韓爭立故稱藩，聊欲羈縻布異恩。

莫言客禮天常亂，勝似前時許與婚。

【匈奴五單于爭立，呼韓邪款塞稱藩。詔以客禮待之，荀悅曰："僭度失序，以亂天常，非禮也。"】

其二百二十七

被誣枉死古今多，靈異未聞在頃俄。

東海抱冤一女子，三年枯旱獨如何？

【于定國父于公爲獄吏，東海孝婦被誣死。于公爭之不能得，東海枯旱三年。後太守來，公言其故，祭冢而雨。】

其二百二十八

白雉遙來鳴鳥聞，奇祥異瑞漸云云。

武皇朱鴈宣皇繼，彩鳳碧鷄揚可欣。

【漢武帝獲朱鴈作歌，宣帝信鳳凰惑碧鷄。】

其二百二十九

王霸道殊本自明，霸王相雜是何名？

莫嘆太子亂家制，家制元來恐不精。

其二百三十

望之、恭、顯炭冰如，元帝昏庸又自初。

昧他時勢身罹禍，何不當年學二疏？

其二百三十一

漢元昏懦罔能專，君子小人互嫉權。
未敢輒違恭、顯奏，也非不識望之賢。

其二百三十二

非耄非蒙廿七齡，不知廷尉是囚囹？
却能涕泣傷其死，暫得免冠亦足聽。

其二百三十三

宣帝貽謨詎免譏？久令恭、顯典樞機。
閹宦專權兼戚里，西京安得不衰微？

其二百三十四

吉凶悔吝象占論，進退存亡道理存，

京生學《易》忘斯義，輕觸權奸死抱冤。

【魏郡太守京房，學《易》於焦延壽，爲郎屢言災異有驗。嘗言事意指石顯，顯奏出之，尋下獄棄市。】

其二百三十五

元帝爲人憒憒然，獨於恭、顯任之專。
既曰如知何故用，如何已諭復如前？

其二百三十六

姦如恭、顯免誅夷，漢固失刑天可疑。
也應國運將傾覆，不佑忠良佑閹兒。

其二百三十七

五侯黃霧可徵天，音、鳳初元已擅權。
南昌、槐里言何補？得免誅夷亦偶然。

【成帝元年，舅王鳳，鳳從弟音，相繼執權，又封、譚、商、立、根、逢時爲侯，黃霧四塞。故南昌尉梅福，故槐里令朱雲，竝諫不納。】

其二百三十八

梅、朱、慶忌不加誅，亦有吏民迭籲呼。

成帝最多容諫量，言雖未納罪終無。

【梅福、朱雲、辛慶忌皆直臣，時吏民多上書言災異，王氏專政所致。】

其二百三十九

王氏朝廷孰敢言？大呼折檻犯威尊。

罪加不敬雲當族，慶忌亦應護逆論。

其二百四十

直臣折檻葺而旌，勿浣血衣亦足聽。

漢成、晉惠無攸長，獨此一言竝可名。

【晉惠帝與成都王穎戰于蕩陰敗績，嵇紹以身衛帝被殺，血濺帝衣。左右欲浣，帝曰："嵇侍中血勿浣也。"】

其二百四十一

藉聖引經僞亂眞，不忠王室只謀身。

滔滔千古奸諛輩，此習奚徒禹一人？

【安昌侯張禹，引《春秋》及聖人以對，帝由是不疑王氏。】

其二百四十二

穆穆臨朝儼若神，孔、張、杜、谷視忠臣。
飛燕倚粧赤鳳亂，鐵飛霧塞問無人。

【孔光、張禹、杜欽、谷永皆佞臣。】

其二百四十三

宗室撐危外戚強，一人孤立日趨亡。
可憐劉向言徒切，千古丹心志士傷。

其二百四十四

燕啄皇孫桂不秋，孝哀承統轉堪憂。
初元急務問何事？新號先更陳聖劉。

【哀帝元年改元，更號陳聖劉太平皇帝。】

其二百四十五

漢哀昏愎亦監先，强欲攬權則武、宣。
如何更述鄧通事，殿上幸臣有董賢？

其二百四十六

平帝幼冲是假皇，太皇太后儼當陽。
莽總百官莽女后，初頭甲觀已非祥。
【成帝母王氏生帝於甲觀。】

其二百四十七

安漢公爲簒漢公，宰衡九錫果何功？
上書爭頌非眞頌，直是孔光詔佞風。

其二百四十八

椒酒難欺五尺童，金縢泣示豈其忠？
孺子爾今眞不利，公然動輒擬周公。

其二百四十九

居攝初元斬木呼，劉崇、翟義似陳、吳。
誰知莽篡十年後，白水眞人奉命誅。

其二百五十

后不引之莽不成，婦人但識一私情。
晚年幸得增榮貴，新室加尊文母名。
【孺子嬰初始元年，莽自稱新皇帝，更號太皇太后爲新室文母太皇太后。】

其二百五十一

謙恭折節似眞誠，虛譽欺人過半生。
彼莽不能終自掩，世多身後遂偸名。

其二百五十二

黑貂猶用太初寅，握璽一投謾恚嗔。
如何當日無裁抑，却有婦人涕泣仁？

其二百五十三

綠林群嘯赤眉譁，自謂黃虞莽獨誇。
不如丁、傅專權日，謝事罷官好在家。
【哀帝祖母傅氏，母丁氏。帝卽位，丁明、傅晏用事，罷大司馬莽就第。】

其二百五十四

美新可惜好文詞，比德伊、周又足噫。
縱使子雲生後世，不逢王莽何由知。
【揚雄作《太玄》、《法言》，卒章稱莽功德比伊、周。又作劇秦美新之文
以頌莽。】

其二百五十五

三世不遷倏大夫，漢恩自薄新恩殊。
忠莽苦心先莽死，也應遺囑在童烏。

其二百五十六

自負《法言》頌莽文，悔將奇字授劉棻。

不知投閣蒙恩日，又作何詞謂聖君。

【劉棻嘗從雄學奇字，棻坐事誅，辭連及雄。使者收之，雄校書天祿閣上，自投下。莽詔勿問。】

其二百五十七

剛卯金刀但欲懲，不知泉貨反成徵。
渠家自有銅威斗，可敵漢兵四面乘。

【莽改貨布、貨泉，爲白水眞人之讖。漢兵入宮時，以五石銅鑄威斗，如北斗狀，欲以壓勝，衆兵旋席，隨斗柄而坐。】

其二百五十八

九穗嘉禾瑞日中，舂陵佳氣鬱葱葱。
眞人自是膺天命，何必明言蔡少公？

【南頓令欽生秀於南頓，有嘉禾一莖九穗之瑞。蔡少公學圖讖，言劉秀當爲天子，或曰："國師公劉秀乎？"秀曰："何由知非僕邪。"】

其二百五十九

伯升殺我一何威？拭目大冠與絳衣。

自是人情耽謹厚，非緣義理識依歸。

其二百六十

昆陽風雨似睢風，天佑漢時羾、莽窮。
虎、豹、象、犀皆股戰，長人無霸亦無功。
【莽以長人巨無霸爲壘尉。】

其二百六十一

除苛布惠慰群情，不受吏民牛酒迎。
寬仁大度符高祖，兩漢洪基職此成。

其二百六十二

良禽擇木遠來追，但願功名竹帛垂。
杖策首陳救民命，雲臺第一舍君誰？
【南陽鄧禹。】

其二百六十三

北道主人仗義聲，王郎、張步不勞平。
豈徒耿弇言能踐？有志由來事竟成。
秀北徇薊，上谷太守耿況子弇，至盧奴上謁。秀留署長太史
【曰：“是我北道主人也。”】

其二百六十四

大樹將軍披棘荊，桑榆奮翼壯威名。
蕪蔞豆粥滹沱飯，已表攀龍附鳳誠。
【馮異。】

其二百六十五

氷堅河水借須臾，衣白老人指信都，
始知有命乘時者，天地鬼神共護扶。

其二百六十六

反側自安燒衆書，赤心置腹案營徐。

猜疑後世寧如此？密網惟憂漏一魚。

【斬王郎，得吏民與郎交書數千章，秀燒之曰："令反側子自安。"又降銅馬諸賊，蕭王敕各歸營，自案行降者曰："王推赤心，置人腹中，安得不效死乎？"】

其二百六十七

屏於樹下軍功論，對以偶然長者言。
浮世妬爭誇衒輩，誰如馮異與劉昆？

其二百六十八

更始庸才理必亡，人心天命在蕭王。
如何不得須臾忍，建武鄗南卽位忙？

其二百六十九

重恢舊物救元元，正大光明可裕昆。
何物彊華來奉讖，却因《赤伏》便登尊？

【《赤伏符》曰："劉秀發兵捕不道，四夷雲集龍闘野，四七之際火爲主。"】

其二百七十

淮陽刮席不勝羞，盆子牧羊赭汗流。
堪嗤新市樊崇輩，何不自尊必藉劉？

其二百七十一

首求密令草茅中，褒德侯榮太傅隆。
若論亂世凡常例，初政先封汗馬功。
【卓茂。】

其二百七十二

突騎漁陽任轉輸，反忠爲逆死於奴。
朱浮只說遼東豕，不戒他時禍獨殊。
【光武討王郎，漁陽太守彭寵發突騎，轉粮不絶。自負其功，幽州牧朱浮
與書言遼東豕。上徵寵，寵自疑遂反，其奴斬以降。】

其二百七十三

山東席捲將如虓，兩子還要度外抛。

彼哉健鬭殀民輩，白盡頭須壘四郊。

【兩子，隗囂、公孫述。】

其二百七十四

班論王命馬遨遊，何事隗囂更異謀？
虜在目中仍餓死，子陽曾不救西州。

【班、馬，班彪、馬援。囂臣於述，述立囂爲朔寧王。】

其二百七十五

咍爾妄尊井底蛙，偶人邊幅强安排。
遣盜刺彭非得計，其於吳漢可能皆。

【公孫述使盜刺殺岑彭，吳漢繼進成都，擊殺述。】

其二百七十六

葱嶺、龍堆十八區，心懸都護再三求。
辭還侍子紆寬詔，若比武皇詎不優？

其二百七十七

柔以勝剛弱勝强，帝行治道學包桑。
試看南陽語諸母，則天下濟仰謙光。

其二百七十八

謝絕龍堆閉玉門，尚傳當日十行溫。
臧宮、馬武休馳志，鳴劍伊吾是禍源。

其二百七十九

諸將盡侯俾令終，還分吏事任三公。
全保勳臣深厚計，遠超高帝戮元功。

其二百八十

差强人意是吳公，無赦一言死獻忠。
後世唐宗知此義，養稂害穀譬能工。

其二百八十一

矍鑠是翁舊伏波，據鞍披甲似廉頗。
壺頭失利身仍死，馬革裹尸亦足詫。

其二百八十二

老志功名禍必隨，梁松況又慭君疑。
薏苡明珠苦難辨，城西藁葬使人悲。

其二百八十三

歐陽不免死於賕，無賴千人守闕求。
有勢如今那畏法？犯贓未幾又雄州。
【大司徒歐陽歙嘗犯贓，歙所授《尚書》弟子千餘人，守闕求哀，竟死於
獄。】

其二百八十四

帝諷易妻未敢承，能成其美亦堪稱。
糟糠不下眞明正，內省得無愧宋弘！

其二百八十五

董宣能殺主家人，光武斯容執法臣。
試看賜錢強項令，歷論千古更誰倫！

其二百八十六

龔、黃、召、杜漢循良，郭、寇、劉、張又遺芳。
想得當時民樂業，奈何今世轉罹殃？
龔遂、黃霸、召信臣、杜詩、郭伋、寇恂、劉昆、張堪。

其二百八十七

阿諛仁義付朝班，只許同眠一夜間。
諫議大夫那足屈？超然長入富春山。

其二百八十八

聞道人情貴易妻，更看薏苡化珠犀。
貧賤之交安可恃？不如長揖早歸兮。

其二百八十九

崇儒建學粲然新，處士禮徵竝不賓。
試看東京多節義，最初培養在斯辰。

其二百九十

光武爲君明且仁，禪封圖讖是何因？
豈徒繼述遵成憲！大抵懲秦反襲秦。

其二百九十一

陳留牘上意悲辛，暗諷近臣與近親。
炎漢盛時猶若此，如今無怪萬民貧。

其二百九十二

三老、五更待以師，橋門億萬執經時。
不知桓、李成何事，空使千秋仰盛儀。
【明帝臨辟雍，行養老禮，以李躬爲三老，桓榮爲五更。】

其二百九十三

麟閣丹青輔佐休，雲臺列宿映千秋。
借問唐虞三代際，曾摹稷、契、伊、周不？

其二百九十四

光武閉關謝羌氐，如何明帝復通西？
始知史筆多諛曲，遵奉無更四字題。
【史稱"明帝遵奉建武制度，無更變"。】

其二百九十五

戊耿、己關復度遼，無中生有日騷蕭。
定遠莫誇入虎穴，匈奴南北起邊囂。
【明帝復置西域都護、戊己校尉，以耿恭爲戊校尉，關寵爲己校尉。又置
度遼將軍於五原，以防南北匈奴。】

其二百九十六

封侯預政遠褕椒，爲子求郎謝舘陶。

明帝爲明端在此，只稱穎異自垂髫。

【史稱明帝垂髫穎異。】

其二百九十七

無父無君佛本夷，迎來中國欲何爲？
遙基惑世亂眞禍，禍首千秋非帝誰？

其二百九十八

陳寵片言除刻刑，楊終一諫罷西兵，
如何反聽班超說，不閉玉門事遠征？
【章帝。】

其二百九十九

宮闈售譖廢儲尊，外戚弄權奪沁園。
中興數世猶如此，可惜漢家已禍根。
【竇后譖廢太子，竇憲奪沁水公主園。】

其三百

外家朝政莫干侵，東漢規模本自深。
如何竇后輕先壞，覆轍居然呂、霍尋？
【和帝卽位，竇后臨朝，竇憲爲大將軍，父子兄弟竝爲卿校，充滿朝廷。
有逆謀，帝與宦者鄭衆定議，收憲印綬，迫令自殺。】

其三百一

權臣謀逆每如期，外戚宦官各自隨。
竇憲雖誅鄭衆用，漢家亡兆又因斯。

其三百二

虎頭燕頷好容顏，投筆封侯卅載間。
老去功名應益壯，如何願入玉門關？
【班超。】

其三百三

漢自和、安摠幼沖，又多迎立自藩宮。

宦官外戚專權計，最忌長成與睿聰。

【和帝十歲立，安帝十三未冠迎立，順帝亦迎立，質帝八歲迎立，桓帝十五迎立，靈帝十二迎立，獻帝九歲迎立。】

其三百四

孝章儲嗣是清河，廢既非辜可繼和。
鄧后臨朝終利幼，却迎其子不論他。

【清河王慶，孝章長子，正位儲宮，廢不以罪。年益長，過失無聞，可繼和帝之後。而鄧后終利幼弱，欲久臨朝，乃迎慶之子，是爲安帝。】

其三百五

隲思陷詡付歌兵，冀欲中綱送廣嬰。
前後暗謀如出一，只堪成就二人名。

【鄧后兄隲，欲陷虞詡，以爲朝歌長討賊，梁后弟冀，欲中傷張綱，以爲廣陵太守禦張嬰。】

其三百六

膾何減竇詡何增？前後終皆破敵能。

庸將不知翻案法，只言此計古人曾。

其三百七

竇、鄧、閻、梁魯衛如，倚依太后摠憑虛。
一時縱恣旋夷滅，覆了前車又後車。

【竇憲、鄧騭、閻顯、梁冀。】

其三百八

王龔、袁閬不知天，浪引汝南兩箇賢。
陳蕃屈首終罹禍，黃憲拂衣却自全。

【汝南太守王龔，以袁閬爲功曹，引進憲及蕃。】

其三百九

叔度汪汪千頃濤，比顏留郭競稱褒。
縱云言行無傳後，不仕當時已自高。

【荀淑遇黃憲於逆旅，見袁閬曰："子國有顏子。"郭泰過閬不宿，從憲累日。】

其三百十

震稱夫子憲稱顏，二子豈眞若是班！
想得當時標榜俗，競相推詡不曾慳。

其三百十一

乳媼宦官勢絶倫，關西夫子謾焦脣。
如何不可不知止，畢竟危言以殺身？

【安帝乳母王聖，與宦者用事，楊震極言。共構陷之，飲酖死。】

其三百十二

清義堂堂却四知，如何獨昧保身基？
講時若不三鱣得，葬日應無大鳥悲。

【楊震教授生徒，堂下得三鱣，都講以爲有三公之象，取以進曰："先生自此升矣。"葬日有大鳥高丈餘，至墓前俯仰流涕而去。】

其三百十三

旣誅閻顯又孫程，外戚宦官迭妬傾。

母后臨朝權貴橫，殤、冲相繼輒言迎。

【殤帝生百餘日立，八月崩，迎立安帝，鄧后仍臨朝。安帝崩，閻后臨朝，與閻顯迎立北鄉侯懿，尋薨。宦者孫程等誅顯，迎立濟陰王，是爲順帝。崩冲帝二歲立，三月崩。梁太后迎立質帝，八歲立，一年半崩。梁冀迎立蠡吾侯，是爲桓帝。】

其三百十四

腐身熏子豈人情？只爲暫時取貴榮。
霜露莫誇呼吸變，蟪蛄朝菌可憐生。

其三百十五

移民逃寇計金官，可惜高皇創業難。
口銜天憲手王爵，幕燕鼎魚自謂安。

其三百十六

宋君不欲股肱移，殷后亦無罪祖伊。
緣何後世逢天警，策免三公作例規？

其三百十七

左雄選舉信無儔，異代借才獨遠求。
試問當時收取者，果能知十似顏不？

其三百十八

狐狸不問埋輪綱，案事冀州設酒章，
有臣忠直雖如此，其奈閹孫與戚梁？
【張綱、蘇章、孫程、梁冀。】

其三百十九

異哉梁后鐵中錚，委政輔臣指治平。
李固言聽閹竪斥，如何彼冀任橫行？

其三百二十

聰明可惜帝年沖，跋扈將軍勢不容。
無奈漢家天運去，一言輕發遽罹凶？

其三百二十一

固、喬當世兩名臣，與冀同朝度幾春？

力不能誅斯可去，如何坐待殺其身？

【李固、杜喬，爲梁冀誣與妖賊劉鮪交通，下獄死。】

其三百二十二

八龍、元、季侍荀、陳，各抱稱孫主與賓。

或乃附曹群忘漢，德星何謂應賢人？

【荀淑有子八龍，陳寔有子元方、季方。寔率子詣淑，孫群抱車中，淑孫彧，抱置膝上。太史奏"德星見，五百里內，有賢人聚"。】

其三百二十三

柔懦姑息泯棼棼，委轡駘銜亂緒紛。

崔寔眞堪稱獨行，公車不對退爲文。

【詔譽獨行之士，涿郡崔寔至公車不對策，退著政論。】

其三百二十四

亢然朱穆嫉姦凶，玉匣剖棺觸譖鋒。
幸賴劉陶書以訟，亦惟桓帝量能容。

其三百二十五

迎立蠡吾為己謀，不知更有單超儔。
時人莫幸誅梁冀，拒虎延狼又五侯。
【桓帝與宦者單超等謀，勒兵收冀印綬，冀自殺。梁氏無少長皆棄市，以
單超、徐璜、具瑗、左悺、唐衡為五侯。】

其三百二十六

孺子高風儘可欽，安車那足繫遐心！
悠然不答當時事，鷄酒生芻玉爾音。
【徐穉雖不應諸公之辟，聞其死，炙一鷄，以酒漬縣弔祭。黃瓊卒，置生
芻墓前而去。茅容追問國事，不答。】

其三百二十七

徐、姜不幸與陳交，子子干旄謾在郊。

見人質美只令學，郭泰何曾薦孟、茅？

【陳蕃薦徐穉、姜肱，以安車玄纁徵之，皆不至。郭泰見孟敏、茅容，皆勸令學。】

其三百二十八

仇香濁世獨超然，太學蒲亭暫屈賢。

鸞鳳豈堪棲枳棘，不須徵辟責鷹鸇。

【陳留仇香名覽，爲蒲亭長。考城令王奐資香入太學，不應徵辟而卒。】

其三百二十九

房、周謠議似宗、成，譏揣公然客互傾。

可歎甘陵南北部，遂基千古黨人名。

【桓帝爲侯時，受學於甘陵周福，卽位擢尚書。同郡房植有名，鄉人謠曰：「天下規矩房伯武，因師獲印周仲進。」汝南太守宗資，以范滂爲功曹，南陽太守成瑨，以岑晊爲功曹，二郡亦有謠。】

其三百三十

陳、李標揚燁燁芳，承風臧否自招殃。
宦竪用權君德暗，此時何不晦其光？

【陳蕃、李膺。】

其三百三十一

君子何能敵小人？宦官況又嫉朝紳。
可憐一網彌天地，黨錮諸賢生不辰。

其三百三十二

清議終非善自謀，區區隻手障橫流。
葬玉[1]犯法家踰制，懲一其能勵百不？

【冀州刺史朱穆，有宦者葬父用玉匣，穆剖棺出之。山陽守翟超，以張儉
爲督郵，破宦官踰制家宅。東海相黃浮，亦收宦官家屬犯法者殺之，皆得
罪。】

1　玉：원본에는 '云'으로 되어 있으나，전후의 고사와 문맥을 고려해보면 '玉'의
　　오자로 판단되어 수정하였다.

其三百三十三

黨人逮捕九州橫，北寺獄中善類盈。

仲舉渾忘將及己，案經不署又連爭。

【逮捕黨人案經三府，陳蕃却不肯署，又極諫上策，免之。】

其三百三十四

黃、郭、徐、姜處世昏，超然初不犯危言。

何事陷身還欲脫，紛紛鉤引又求援？

【黃憲、郭泰、徐穉、姜肱不及禍。李膺等獄辭，多引宦官子弟，賈彪入洛陽，說后父竇武，上疏解之。】

其三百三十五

君子隨時以中權，縱居亂世亦能全。

挺身立的令人射，明哲之賢恐不然。

其三百三十六

門似登龍舟似仙，揚清激濁引群賢。

如何不識括囊義，畢竟身殲禍又延？

其三百三十七

竇后臨朝靈帝初，太平想望竟何如？
可惜武、蕃機不密，都亭梟首使人歔。
【大將軍竇武、太傅陳蕃，議奏誅曹節、王甫等謀泄，宦者請牽御前殿作
詔板，先執蕃殺之，武自殺。梟首都亭，遷太后於南宮。】

其三百三十八

曹、王盤據勢難謀，機密策神尚有憂。
半夜忽驚前殿詔，人亡國殄果誰尤？
【曹節、王甫。】

其三百三十九

三君美號孰能肩？俊顧及廚又蔚然。
在昔八元八凱世，未聞標榜禍諸賢。
【竇武、陳蕃、劉淑為三君。李膺、荀昱、杜密、王暢、劉祐、魏朗、趙
典、朱寓為八俊。郭泰、范滂、尹勳、巴肅、宗慈、夏馥、蔡衍、羊陟

為八顧。 張儉、翟超、岑晊、范康、劉表、陳翔、孔昱、檀敷為八及。
度尚、張邈、王孝、劉儒、胡母班、秦周、蕃嚮、王章為八廚。】

其三百四十

登車攬轡志澄清，李、杜齊名死亦榮。
莫道禍由為善致，何須黑白太分明？

其三百四十一

蔡邕三體五經文，又立鴻都待制云。
鉤黨諸賢皆好學，如何詔獄日成群？
【古文、篆、隸三體。】

其三百四十二

聲名風裁日遊談，履虎撩蛇禍自甘。
鏟迹埋華何處是？北山之北南山南。

其三百四十三

鬻獄賣官西邸於，不知何苦事藏儲？
莫嫌崔烈多銅臭，當世應如入鮑魚。

其三百四十四

爺孃張、趙隸公卿，虹氣鷄蛇亂五行。
千古桓、靈堪痛恨，遠賢親小理宜傾。

其三百四十五

黃巾何似赤眉徒？亂世太平號獨殊。
只爲世無醫國手，遂令療病藉妖符。
【黃巾賊張角以妖術教授，號太平道，符水療病。】

其三百四十六

皇路險傾四海騷，收兵處處起英豪。
時人莫喜黃巾破，纔破黃巾又賊操。

其三百四十七

無奈當時好議論，月朝評又汝南村。
猶難直說曹操逆，二字姦雄隱映言。

其三百四十八

靈帝崩時太后隆，早聽袁紹卽奇功。
可歎婦人小不忍，坐看何進觸凶鋒。
【靈帝崩，子辯立，何太后臨朝。袁紹勸后兄何進誅宦官，太后未肯。紹等召四方猛將，以脅太后，遂召董卓，卓未至，進爲宦官所殺。】

其三百四十九

顏貌莫逃與衆殊，二千餘宦片時屠。
知渠舉動移山海，一夜如何不種鬚？
【袁紹勒兵捕諸宦官皆斬之，有無鬚而誤死者。】

其三百五十

四方猛將疾如星，自古召戎未有寧。

觑蝎雖除狼入室，試看千里草青青。

其三百五十一

今古逆臣揚自專，先行廢立擇沖年。
謂弟無遺兄不了，欺人猶可敢欺天！
【辯年十四，董卓問亂由，語不可了，弟陳留王協答無遺。卓遂廢辯立協，
是爲獻帝，年九歲。】

其三百五十二

討卓爲名紹主盟，孫堅、袁術又連兵。
四世五公君莫道，揚非婦貌報韓誠。
【袁安爲司徒，子敞爲司空，子湯爲司徒，子逢爲司空，逢弟隗爲司空，
故曰四世五公。】

其三百五十三

王允謀誅故自臧，勇如呂布又難當。
縱餘郿塢那能老！只有臍燈數日光。

其三百五十四

漢室未亡燒廟宮，長安、雒、許任西東。
可憐獻帝年沖幼，只在卓、操挾擁中。
【董卓立獻帝，燒雒陽宮廟，遷都長安。曹操討卓，上還洛陽，操遷上於
許。】

其三百五十五

誅卓當年績最高，奔袁歸備又何勞？
求一徐州猶未得，養鷹縛虎只聽操。
【呂布誅卓，卓黨李傕、郭汜殺王允，布奔袁術，又歸袁紹，又歸劉備。
後降曹操，操縊殺之。】

其三百五十六

袁術壽春妄自豪，東西奔走亦空勞。
若欲以名明應讖，只宜改號當塗高。
【術以讖言"代漢者當塗高"，自云名字應之，遂稱帝。既而資實空虛，不
能自立，欲奔袁紹，操遣劉備邀之，術走還歐血死。】

其三百五十七

堅欲圖荆運已窮，策思襲許命先終。
未防兵射與奴伏，誰道孫郎父子雄？

【堅爲劉表將黃祖步兵所射死。策故所殺吳郡守許貢之奴，因其出獵，伏
而射之而死。】

其三百五十八

渡江轉鬬事成虛，一語呼權却自攄。
爭衡坐保皆爲賊，何必較論兩不如？

其三百五十九

兩袁歐血事頗奇，誰道紹寬有雅儀？
矜愎不聽沮授諫，兵殘身死固其宜。

【術、紹皆歐血死。紹欲攻許，沮授諫，紹不聽。操襲破之，紹慙憤歐血
死。】

其三百六十

衣帶詔中大義明，董承泣受倡群英。
如何機事不能密，未及熏狐反壞城？

其三百六十一

大耳王孫志復興，更承密詔仗賢能。
險阻艱難經歷盡，纔歸劉表復江陵。
【備討操不克，歸表。表卒，子琮降操，備奔江陵。】

其三百六十二

北壘飛來會獵書，盈廷諸議揚赵趄。
懷瑾握瑜刀斫案，仲謀英決果誰如！

其三百六十三

舌激孫權又火攻，也能禱起東南風。
因人成事瑜兼蓋，豈得虛當赤壁功？

其三百六十四

幷力討操諸葛謨，周瑜猜惡請投吳。
既識蛟龍終得雨，如何必欲暗相圖？

其三百六十五

讀書求義智隨明，三日卽看刮目驚。
世人萬卷終無益，吳下阿蒙了一生。

其三百六十六

阿瞞罪惡海難流，挾帝文姦以令侯。
弑坤闈又酖皇子，天理茫茫戴汝頭。

其三百六十七

獲罪於天降百殃，始雖得志亦終亡。
操獨屢危皆巧免，那將此理問蒼蒼？

其三百六十八

《三國志》成《通鑑》因。摠皆帝魏遂疑真。
若非朱子修綱目，冠履倒施誤後人。

其三百六十九

殷湯三聘不曾躬，西伯一逢遂與同。
若論出處高而正，千古誰如諸葛公！

其三百七十

仲昔得君主夏盟，毅能遇主復燕城。
後人不識孔明意，只謂才猷自比并。

其三百七十一

吾愛襄陽水鏡賢，韜蹤亂世是真仙。
龐、崔、石、孟時相訪，獨送臥龍意悵然。
【龐德公、崔州平、石廣元、孟公威。】

其三百七十二

三顧草廬萬古無，風雲感會殷相須。
髀肉泫收魚有水，此時天意若將扶。

其三百七十三

荊、益壁圖已自期，初筵籌策亦惟斯。
也非不識終於此，只是感恩許驅馳。

其三百七十四

委吏乘田豈謂卑？大才小用各隨宜。
士元未識吾儒道，醉臥耒陽薄不爲。

其三百七十五

漢、吳爭處只荊州，借索奪分度幾秋。
相圖血釁終難捨，羽死帝崩職此由。

其三百七十六

關公所向震皇威，操議徙都正好機。
如何不用孔明計？一跌樊城萬事非。

其三百七十七

丕篡漢亡帝卽眞，相維諸葛廟維禋。
正大光明誰與比？可嘆天奪是君臣。

其三百七十八

輕重公私錯後先，連營七百又難全。
莫恨陸生能折辱，人謀旣失可歸天？

其三百七十九

受託永安表出師，每稱死字指爲期。
千秋杜老眞知己，志決身殲漢祚移。

其三百八十

誰言後主是庸姿？千古帝王足可師。
能遵昭烈臨崩語，丞相在時一事之。

其三百八十一

草廬籌策已料吳，援可與爲不可圖。
雲長結釁非良計，故遣鄧芝遠涉湖。

其三百八十二

五月渡瀘入不毛，鞠躬盡瘁敢言勞。
堪嗟七縱七擒手，只試南蠻未試曹。

其三百八十三

管寧盛譽竝華歆，龍腹龍頭映古今。
若非出處終懸絕，後世誰能識厥心？
【時人謂歆爲龍頭，寧爲龍腹，邴原爲龍尾。】

其三百八十四

宮府必須一體治，周公制度本如斯。
後世孔明知此義，天胡不使大其施？

其三百八十五

自古知人惟帝難，失之馬謖亦堪嘆。
街亭一戰存亡決，漢祚已終此可觀。

其三百八十六

祁山六出仗危忠，非不明知漢運窮。
流馬木牛圖八陣，亦惟自盡老臣衷。

其三百八十七

經營未了渭濱屯，星隕赤芒五丈原。
只是命隨炎運盡，非緣食少事兼煩。

其三百八十八

巾幗魏營婦有鬚，縱知非敵亦云駑。
臥龍死後走司馬，畏虎初心却舞狐。

其三百八十九

公心如秤信如潮，萬古爭瞻一羽霄。
後人用法雖當理，未必銜恩似李、廖。
【李平、廖立。】

其三百九十

言行相符是孔明，告君字字出眞誠。
後世自稱無調度，庫財廩粟別治生。

其三百九十一

鑑空繩直德才純，伯仲之間伊、呂眞。
管、蕭亞匹輕論斷，陳壽置嫌是小人。

其三百九十二

翁仲新成承露摧，芳林園裏土山崔。
聖王遺裔猶難保，曹叡其能免後災？

其三百九十三

可嘉後主受人徽，相琬既亡又允、禕。
縱有弄權黃皓輩，猶能次第用無違。

其三百九十四

姜維初志學綸巾，九伐怳如六出頻。
如何數日偸生計，遂作千秋降魏人。

其三百九十五

曹相漢朝既異圖，馬專魏政又欺孤。
蟬死螳螂螂死鵲，忘身畢竟似濡需。

其三百九十六

蜜中鼠矢服黃門，孫亮聰明萬古喧。
圍宮未免爲綝廢，小慧由來不足言。

其三百九十七

魏旣迎髦復立璜，吳君休、皓亦無常。
昭、綝篡逆初難掩，何必紛紛外面粧？
【司馬昭、孫綝。】

其三百九十八

毦推魚貫鑿陰平，只惜漢家無一兵。
鍾、鄧不還應可戒，功臣千古每猜爭。
【鍾會、鄧艾。】

其三百九十九

忠孝相傳有武侯，子瞻孫尙死戈矛。
生氣至今猶凜凜，姜維苟活可無羞。

其四百

縣竹成都烈烈魂，孔明之子帝之孫。

北地若臣瞻、尚輩，何憂不整漢乾坤？

無名子集

詩稿　册六

詩

詩

丁卯除日【是年臘月三十日】

除日前年月小盡，今年除日却遲延。
恰似遠人將別際，縱留一日亦猶賢。

又

隣以杵舂我以琴，光陰遒盡自駸駸。
壑赴蛇鱗嗟莫繫，隙過駒影杳難尋。
此世此生空已老，今年今日又將沉。
升平聖代聊乘化，只恨悠悠負是心。

戊辰元日

七旬欠二樂天翁，曾歎乘衰百疾攻。
九老風流空悵望，有誰今日與相從。
【白詩云"六十八衰翁，乘衰百疾攻"。】

又

又問年幾何，七十行欠二。
樂天此詩句，今日我有愧。
樂天此年歲，今日我適值，
一吟復一歎，俯仰空有淚。
樂天我所慕，尚友安敢比。
坦蕩靡滯礙，誠實無虛僞，
文章又燁發，懇惻而平易。
父老課農桑，風謠善諷議，
立朝秉讜直，贊襄元和治。
崔群與寅恭，逢吉自嫵媚。
六十已退閑，優游任醒醉，
歌詠太平世，徘徊清洛地，
拖紫復紆朱，亦足稱官位，
香山友如滿，履道招同類，
乃成九老會，書名又繪事。
各賦七言詩，燕樂常隨意，
志趣良高逸，事蹟何奇異。
下視浮世客，鴟蟲亦不翅。
我生千載下，聳首緬高致，
縱欲追後塵，奈無與同志。
遊春徒有心，下坡時自喟。
莫嫌貧與病，遺詩尚暗記。

【白詩云"又問年幾何，七十行欠二"，又云"遊春猶自有心情"，又云"走若下坡輪"，又云"莫嫌疾病莫嫌貧"。】

睦景遠以詩賀兒子小成，次以謝之

祇將功令敎兒郎，卽奉瓊詩却表章。
庶幸免他科舉累，敢期嬴得頰牙香。

上元夜臥占

舊俗踏橋十五宵，少年喧笑競招邀，
臥思明月霜橋響，縱不踏橋亦踏橋。

次睦景遠上元詩

明月圓新歲，勝遊最上元。
靜修敢比晏，貧病實如原。
行樂我無分，招邀他自喧。
何時寒稍解，淸話共西村。

春寒異甚，次韓昌黎《苦寒》韻，却寄睦景遠 韓詩亦賦春寒

顓頊不讓春，其意欲并兼。
但肆心所貪，焉識世有廉。
遂令從風者，無復守退謙，
失却生意藹，習是利鋒尖。
奮氣似矢疾，招類如蜜𧌒，
驅來酷烈勢，百物遭針砭。
薄日走凍烏，冷月懸僵蟾。
哀哀彼太皥，局縮但傍覘，
不知是德木，況論其帝炎！
雨露閟莫下，草木枯未沾，
手皴井口綆，面割風頭鐮。
呵噓凍硯筆，指直不可拈，
僕慄冰垂鬢，馬蹄霜鎖箝。
袖手廢閱書，插架閑牙籤。
獰飆怒方吼，虐雪斜更添，
獸炭羨呼酒，麟氈想曳縑。
方春恐溢死，自憐老夫潛，
塊坐悲枯落，寧不愧霜髯。
未卹一身寒，直畏眾生殲，
宇內雖闊遠，何以容洪纖？
四時成功去，怪底爾獨淹。
幾處朱門裏，煖客具湯燖，

命運固如此，聖人謂不占。

圖生良可嗟，盡劉亦何嫌！

鶉衣自乏絮，蝸屋多不苦，

失業與行遠，默思心豈恬！

漆室徒抱憂，繞壁涕漸漸。

《書》戒天難諶，《詩》歎民具瞻，

我願上帝仁，進賢俾調塩，

順序必去偏，布治勿用憸，

陽春惠澤遍，迎煦盡捲簾，

水活響鳴澗，日長影逗簷，

四隣耒耜出，時雨土脉黏，

庶見拔彙茅，何勞詠蒼蒹？

野人養君子，花底朝衣襜，

儻蒙帝曰俞，我心於是厭。

新歲，偶思李約《歲日》詩"身賤悲添歲，家貧喜過冬"之句，分韻得十首。原詩四韻，故亦各以四韻賦之

流水逝如斯，居然老此身。

桑浴崦更催，蘭謝菊又新。

一理貫窮宙，朝菌笑大春。

秖恨生苦晚，不見昔哲人。

其二

在人有賢愚，稟天無貴賤。
降衷靡不善，四端隨感見。
只爲欲所蔽，遂成千萬變，
理義轉滅絕，視人有覥面。

其三

讀書少至老，反省翻生悲。
剽竊口耳際，冥埴踐履時。
欲養嗟不及，欲歸無所之，
癃羸滯京洛，俯仰空漣洏。

其四

位卑言敢高，學退病乃添。
性稟頗狷介，志慕在直廉。
素不喜紛華，獨自守退謙，
何處覓伊人？白露杳蒼蒹。

其五

身在衰老境，心思少壯歲，
性喜古書籍，潛玩以默契。
又愛佳山水，孤往或群逝，
此事今便已，所嗟精力弊。

其六

東阿有貴宅，西溪有富家，
笙歌競鬧咽，衣馬恣華奢。
向我却看醜，怒勢相陵加，
自古皆如此，靜思衹堪嗟。

其七

不求陽虎富，寧辭原憲貧？
藜空又踵決，女喟復男呻。
過從無親友，交謫有室人。
試歌金石商，隣兒共嗤嗔。

其八

家貧苦無樂，冬暖差可喜。
縱乏餅罍儲，尚賴綿襖舉。
仁天有閔覆，長夜免溘死，
交爭與隱憂，多少朱門裏。

其九

生理何須說，寒序倏已過。
軀命幸遲延，志業任蹉跎。
那免世輕侮！不廢我嘯歌。
但恐腔子裏，未得保太和。

其十

自歎謀生拙，無策以禦冬。
去實智遜鼠，凌寒勁愧松。
年年長波咤，況又值饑凶！
但願世太平，四邊無警烽。

睦景遠家，有舊藏大明崇禎三年庚午《大統曆》，遠有詩，聊次之，以寓感慨之意

我將斯曆愛羊如，爲是崇禎大特書。
誰道《麟經》無地讀？春王正月至今餘。

崇禎九年，梅溪睦忠貞敍欽以承旨，受賜《小學》書於仁廟朝，距今爲一百七十三年。而其五代孫祖永，手自改裝，以壽其寶藏，又有詩，故亦步其韻以贈之【祖永字景遠】

聞道忠貞世，是年受是編。
尚留恩渥被，叵耐歲時遷？
感舊頻嗟若，服膺敢舍旃！
德門多後秀，應壽萬千傳。

陪香祝時，後者必疾馳而先，戲占一絕

香祝同陪以次隨，終歸一處定無疑，
秖怪豪奴高馬客，疾馳何事欲先之。

所謂伊人，宛在城中央。徒自悵望，忽有瓊玉聲，勝似座上霏霏之屑。一讀疊和，聊寓酬謝之禮【沙南睦景執寄詩故次之】

西城寒盡雪霜滋，咫尺音書亦復遲。

老去偏多新歲感，客來忽得故人詩。

塵編愧我初心負，藻思憐君短髮垂。

安得比隣相詠戲，坐忘日月自推移。

其二

幽逕任他碧蘚滋，小窗山日漸看遲。

老羞人侮仍成隱，病與懶謀自廢詩。

月欲出雲還被掩，竹能耐雪不禁垂。

煩君莫說西湖舊，人事天時幾變移。

【景執詩云"西湖舊宅參差竹，尚憶論文席屢移"。】

差祭齋宿，獨坐偶成

政紙無名但祭官，軍銜帖到便長嘆。

欲免得乎衰病彊，借乘亡矣貰錢難。

齋宿每愁供口腹，駿奔其奈乏衣冠！

貴家年少多蹉逕，一札纔傳即自安。

除日

此日足可惜，今年止今日。
今日遂已暮，明日改歲律。
前日既難追，後日亦又疾，
日日復年年，百年何卒卒？
人生豈百年！一身空自失。
事業遑暇論，志意終未畢，
悠悠千萬古，大小揔如一。
我亦均是人，得年已七袠，
朝夕且不保，遐齡安可必！
從前幾日月，虛過曾不卹，
讀書未有得，致君終無術。
信是同蠹魚，但自費紙筆。
膚見縱欲攄，後世誰更述。
一任圭竇中，日入復日出，
極知無可奈，猶恐事未悉。
世人獨何心，遊戲送甲乙？
此輩還達觀，却笑我爲窒。
尚不知自悔，狷狹固莫匹，
時時檢平生，不覺體自慄。
從此迄餘年，庶幸寡過逸。

己巳元朝

開歲將看七十圓，一吟白句一淒然。

無憂無喜聊知命，嫌病嫌貧敢昧天！

傅永何心誇尚少，景元有語懟新年。

平生枉向簑燈讀，從此拋書祇欲眠。

【白詩云"且喜開年滿七十，莫嫌疾病莫嫌貧"。又曰"無憂亦無喜"。魏傅永年踰八十，猶馳射奮矟，常諱言老，自稱六十九。宋耆英會，張壽景元詩云"多幸不才陪履舄，更懟七十是新年。"】

人日

元日至人日，今年幸晴明，

中天瑞日煥，四方浮雲清。

稽諸東方朔，驗之草堂生，

新歲好消息，君子道乃亨。

人民普熙皞，萬物皆生成，

老夫死亦足，不求身後名！

景遠效謝公墩體寄詩，聊次之，仍用其體

公我何愁暫燕鴻！公來我往一村同，

公能顧我無相棄，我有思時便訪公。

又以其韻疊和

蟲振草萌又北鴻，欣欣萬物得春同。
白屋朱門均瑞日，誰言此世更無公？

地僻

地僻疑非世，花繁似不貧。

無人來破屋，山鳥自相親。

無題 三十絕

稟生元不異，榮辱强要分？
莫道青雲好，如何勝白雲？

其二

玉署銀臺客，紅塵意氣馳，
一朝還不諱，秋草薤歌悲。

其三

辭寵翻媒寵，橫經却懵經。
論人上一疏，樹立驚朝廷。

其四

冷暖眸青白，榮枯品智愚。
肺腸不自有，心性豈眞無。

其五

古來勢莫如，今又錢而已。
世間千萬人，罔不志於是。

其六

流言似流矢，其毒甚於讒。
被讒或能辨，流言不可緘。

其七

被人心裏疑，不若怒而罵。
怒罵猶分明，心疑最可怕。

其八

世人喜人過，咕嚁隨儕隊。
何不且明言，直為兒女態。

其九

世人每老天，殃慶謂無理。
理無古與今，畢竟如相市。

其十

文章誇敏速，吏治詫神明。
不知人竊笑，但欲使人驚。

其十一

莫言人可欺，人亦有機變。
縱云欺一時，神目明如電。

其十二

驕人無不亡，謟人無不滅，
奈何今世人，驕謟蹈前轍。

其十三

主人對客倨，無語看青山，
一朝客有用，婢膝復奴顏。

其十四

伯夷處今世，孰謂伯夷乎？
其冠不正者，將必百端誣。

其十五

古人冤能雪，今人誣成尤。
東海雖枯旱，誰知孝婦由。

其十六

寡婦梳白首，強效大堤迎，
善男終不顧，徒得冶容名。

其十七

俗言多孟浪，惟好議論人。
耳聞目見外，莫認僞爲眞。

其十八

不願公與卿，但言太守好，
緣何人盡然？爲是常平寶。

其十九

一生何曾讀？汚賤自無倫，
但誇有某祖，不肯屈於人。

其二十

好言人隱慝，訏摘費觇覰，
不知自己上，舋累積如山。

其二十一

彼娼人盡夫，及老作村婦，
自謂嫁青春，從一到白首。

其二十二

桃李逢春日，繁華各自誇，
却笑東籬下，數叢無一花。

其二十三

行人喜捷徑，險嶺與砅川。
欲速還遲滯，不如大道便。

其二十四

有畏還忘讐，無求却似嫉。
一世皆同然，誰能辨得失！

其二十五

買物以些錢，乘時自謂得，
無何還失亡，悔惜空歎息。

其二十六

昏穿桃李蹊，朝出東墦郭。
得固足堪羞，失之成落魄。

其二十七

趨勢作鷹犬，自稱樹立眞，
一朝互傾奪，流竄以亡身。

其二十八

多收十斛麥，可匹玉堂客。
婚媾尚如斯，友交孰自擇！

其二十九

義理元無二，是非自有公。
如何今世上，私意任西東。

其三十

隣翁意竊鈇，腐鼠嚇鵷雛。
世事多如此，至人瞑據梧。

錢　五十韻

天生民有欲，如何又出錢？
父母黄白金，男婦錫與鉛。
內方以效地，體圓以應乾。
制字以會意，一金兩戈連。
字汝曰孔方，名汝曰貨泉，
其積可如山，其流乃如川。
厲階吳山鑄，禍首九府圜。
尚矣祁姚世，謾說璧珠捐，
歷山與莊山，禹湯水旱年，
貴賤輕重間，聖王垂惠鮮。
但使民蒙利，誰知火如燃？
世降人欲肆，百弊日綿綿，
半兩易榆莢，五銖更變遷。
錯契及鐵官，黃牛白腹傳，
四出竟徵後，六品豈法前！
或誇鵝眼巧，亦謂綖環便，

裁皮又糊紙，制作極倒顛。

金甲太原神，元寶上清仙，

世人徒每利，不知皆有天。

競抱和嶠癖，反指王濟賢，

身心互奔馳，貪欲紛拘攣。

無錢卽不數，有錢疇敢肩，

却笑撲滿贈，但思金溝專，

黃榜復紫標，中夜忘寢眠。

銅臭鼻皆悅，阿堵物自妍，

驕貴鵠俯蟲，趨附蟻慕羶。

莫道愛如兄，兄弟義難全，

莫道神可通，鬼神亦畏焉，

倫彝可使亂，義理可使偏，

可直非理訟，可贖難貫愆。

疏可幻作親，憎可變爲憐。

轉眄鹿是馬，俄忽白亦玄。

賁、育縮其勇，王公失其權，

只怕塞破屋，休恃直如絃。

世道日陷溺，利慾自糾纏，

細民何足責！達官莫不然，

人間何所好，太守最所先，

太守何所好，得錢萬億千。

奢華輕肥貲，娛樂歌舞筵，

別墅粧名園，沃野占良田，

賞花飛瓊盃，邀客共湖船，
是皆錢之爲，那得不流涎！
百行皆可拋，一念只相牽，
國事瓜哇外，人理笆籬邊，
得之氣盈溢，失之心憂煎，
遂令天下人，精魂墮霧烟。
節士甘餓死，黎民泣倒懸，
哀哉此世界，成一大市廛，
聖人縱復起，一變恐靡緣，
作詩續魯褒，愧彼筆如椽。

與諸友由白門至南樓留約【時作者七人，皆耆老。】

七人五百歲，三月初旬時。
團會誠難得，繁花惜易衰。
白門藉細草，蒼麓俯危陴。
薄暮餘幽興，更留後日期。

後二日，更登白門樓，約者多不至【時會者纔四老。】

白門須友悵離群，有約不來日已曛。
十里江山迷晚靄，萬家城闕覆春雲。

花因柳映偏呈態，雨被風斜巧織紋。
小坐居然成四皓，芝歌何必使人聞。

登筆園

不識身高眼忽驚，帝京物色夕陽明。
半天粧鏡花枝映，一帶畫屏粉堞橫。
草欲成茵隨意坐，竻能飛磴耐危行。
偷閒學少君休笑，且共諸人樂太平。

登徐園

誰道筆園好，徐園勝筆園。
桃花氣醉眼，魚沼樂忘言。
入洞鱗千果，臨臺櫛萬村。
主人成癖習，應接不辭煩。

睦景遠寄徐園詩，聊次其韻

南園桃李媚佳辰，携友登臨揔可人。
但取遙名誰擺俗，非無勝境不求隣。

兩衙富貴崖懸蜜，一隊遊閒水躍鱗。
隨意徘徊忘日夕，更詫兼領滿城春。

又次景遠韻【日前訪崔碩章歸，聞衆高駕來臨南隣，至送人謂來云。驚感之極，繼以悵歎，竊欲爲詩以謝，而撓未遑矣。瓊什先到，讀而味之，旣愧且羨，玆敢步呈，以博一粲。】

前遊多悵惜，後約未分明。
暫訪詩人話，空孤老友情。
山陰驚返棹，清水想歌纓。
更願聯筇屐，何須憶膾羹。

景遠又寄一絶，有'九老香山少一人'之句。蓋南隣之會八老也，走筆以次

香山九老逈超塵，甲子回環幾度新？
莫恨勝遊今少一，八公元自是仙人。

孫兒生，名以七孫，詩以祝之

七袤抱孫錫汝名，更申嘉祝在初生，

無隳先訓斯爲貴，克守拙規不羨榮。

昔哲有言願愚魯，寒門何用賦聰明。

儻蒙天假傳經業，勝似他人遺滿籯。

復登筆園【時同往者七人， 而多有不期而會者。有射者有歌者， 能爲女唱，

主人出接，頗慇懃。】

七老相携春日晴，筆園高處且班荊。

酒斟賢聖傳纖茱，餠艷紅黃間旨羮。

白羽星流明畫鵠，清歌雲遏學嬌鶯。

閒人貴客俱靑眼，秖有主翁不世情。

景遠復示五律，次之

風詠偕童子，霧花愧老年。

黃鸝携酒處，粉雉倚筇前。

草色衣相映，歌聲篆以傳。

躋攀時笑問，筋力果誰賢。

又次景遠韻【景遠自言"少時作餞春詩，而今當送春，故憶而賦之"云。】

春何曾惜別斯時？ 人自惜春賦餞詩。
腔裏苟存春意思，四時無日不相宜。

郊遊，　贈景遠【同行者睦汝章、睦景遠、沈仲連、鄭伯深、李勵卿、沈彥臣也。因入孝昌墓，敬瞻碑閣行宮。】

嚶嚶鳴鳥起踈慵，春晚郊原理屐笻。
細麥青分尋小徑，清江白挹陟重峯。
松杉礙日陰森氣，宮殿連雲肅穆容。
莫笑偸閒飄皓髮，暫時猶得豁心胸。

昔溫公作眞率會，有詩曰"七人五百有餘歲，同醉花前今古稀。走馬鬥鷄非我事，紵衣絲髮且相輝"。昨日七人，適符此數，故用其韻述其意，且致慙愧之情，贈景遠

七人五百有餘歲，司馬曾言今古稀。
不妨喚爲眞率會，龍鍾只愧減光輝。
【七人五百五歲。】

差祭步往齋宿所有吟

每聞差祭便徒行，顛沛惟憂及罪名。
非我老窮寧有此，傍人休道辱朝廷。

又

無奴無馬又無錢，祭帖來時意索然。
國恩已絶涓埃報，此事惟存未死前。

觀物，偶用前慵字韻

試開蓬戶策衰慵，萬物都輸倚瘦筇。
群鳥誰教多巧舌，浮雲强欲作奇峯。
花紅得雨嬋娟態，松老含風偃蹇容。
矯首遐觀忘日暮，歸來賴有酒澆胸。

詠有錢者百事勝人

廉恥抛來禮義輕，世人只識愛錢兄，
坐占歪科惟意欲，立翻曲訟不勞成。

婚媾結連爭許、史，州藩兜攬走銓衡。
乍聞銅臭如蘭臭，與爾皆思共死生。

詠守錢虜

衣冠在架任生塵，債簿手中點閱頻。
心謀貴耀長祈歎，口禦人求預說貧。
減錢買物時含笑，惜費忍飢或暫鼙。
座上終年無士友，只迎市儈暗相親。

七不羨，一羨各成絕句

曉夢初醒獨寢歌，夜來花事問如何。
臥想禁門待漏處，雨盈車馬泥盈靴。

其二

臥穩起慵百慮刪，分憂幾處苦忘還。
浚民符吏圖錢物，太守身心不暫閒。

其三

黃卷晴窓照眼明，世間消息却堪驚。
彈人反唇成仇敵，朝著風波幾日平？

其四

與世相忘絕見聞，紅塵遙想客如雲。
晨夜爭先馬蹄疾，銓家門外日紛紛。

其五

客無剝啄閉孤庵，友道何人似蜜甘？
妓優花月招邀處，執袂拍肩縱笑談。

其六

寂寂掩門却自嗟，世人無事但豪奢。
花草禽魚諸翫物，貪多鬪靡度年華。

其七

衣食無憂他自驕，一生不讀任輕趫。
鬪碁飲博相馳逐，可惜光陰這裏消。

其八

不羨他人羨富翁，無官無責但財豐。
養生送死秉婚祭，隨處從心取不窮。

晏起苦蠅

何處集來臥處蠅，緣眉拂頰苦侵陵。
也應天戒朝慵起，故遣斯蟲勸夙興。

夜臥苦蚊蚤

白鳥營營赤蚤跳，嘬膚通昔睡魔逃。
默誦詩書仍腹藁，世人不識爾功高。

臥看遠

欹枕看遙樹，迷茫似夢魂。

天傾撐列岫，花亂畫孤村。

去鳥心何處？浮雲宅不根。

朦朧我欲睡，客至亦忘言。

以與世交忘分韻作四首

禍福相倚伏，方圓自齟齬。

鷃或笑大鵬，鴟豈顧腐鼠！

天命良有定，物性固難禦。

終古多明哲，微爾吾誰與。【右與】

世自棄君平，君平非棄世。

古來長往士，未必忘經濟。

夫既不見是，詎忽為身計！

所以輿、蓑輩，敢議適陳、衛。【右世】

唐、虞野無遺，不妨有由、巢。

《詩》詠衡泌樂，《易》著肥遯爻。

世降還多儀，強學旄在郊。

龜曳與櫟全，何用出門交！【右交】

絃絶寥爰洋，鬢變飽風霜。
世路多歧險，人情有炎涼。
自知才無用，敢云舍則藏！
華子乾坤裏，人忘我亦忘。【右忘】

無題

質戁文胡肆，齒剛舌自柔。
世多售老芋，人或怒虛舟。
媚竈無攸禱，執鞭不可求。
已焉天實使，何怨復何尤！

聞睦景執遊松都有贈

聞子遊松嶽，千年古迹存。
朴淵天下壯，徐院海東尊。
橋上石猶血，臺前月不言。
詩囊重幾許，試向小奚論。

打破歌

何時打破這錢字？何時打破這請字？
只緣今日錢與請，致令國法倒而墜。
謂鴉爲白鷺爲黑，謂夷爲溷跖爲義，
舞文不顧舛事理，蔽聰暗喜恣詐僞。
彝倫斁絶更何論！義理晦盲渾無忌。
公然白日走青銅，小人鼓舞君子喟。
人心世道日陵夷，呫囁緝翩惟曰利。
王家法度更無用，聖人名教已掃地，
達于庶人自朝廷，壹是皆以循私意。
人人相效又相猜，事事如狂復如醉。
吏胥弄奸何足責，婢僕行詐亦不異。
黎民謾自懷寃枉，聖君何由成至治！
循環往復古有理，繆戾顚錯今益肆。
窮則必變變則通，儻蒙上天眷人類，
嗚呼儻蒙上天眷人類。

樂貧歌

我本無德又無才，行年七十甘草萊。
自分聖世爲棄物，只恨志氣日衰頹。
有性頗直人多厭，有病欲醫家無財。

但幸生老太平代，一身優閒得自在。
常思鷦鷯安一枝，不願胡孫入布袋。
名利繁華夢豈到！淡泊靜寂心所愛。
劉論已著《廣絕交》，柳文謾戲愚溪對。
藜藿不充衣懸鶉，肯羨狐貉與八珍！
身無罪過以為榮，胸貯太和以為春。
聖經賢傳以為師，霽月光風以為賓。
衡門泌水樂無斁，偃仰屈伸惟意適。
朝起早晚都不關，晚步遠近誰相迫！
有時觸境或觀書，以詩以文恣闔闢。
佔畢聊欲資消遣，博高安敢望古昔！
優哉游哉以卒歲，世既棄我應無責。
人皆愛身還忘身，心為形役良可惜。
貪榮利祿捴鄙夫，賣勢招權何太愚。
駟馬高車憂甚大，營營汲汲胡為乎？

五六月之間旱，祈雨至八次不驗，上乃親禱于南壇得雨。誠之
所感，豈不信乎？遂以一詩粗伸抃賀之忱

暴露親圭璋，憂勤降玉音。
周詩詠《雲漢》，殷禱卽桑林。
冒熱黎民仰，潛誠上帝臨。
須知今日雨，得自至尊心。

遣悶【三首】

境隨所遇幻，物亦苦無常。
雨似乘人睡，風如妬客忙。
池深魚意活，天遠鳥心長。
萬化紛轇轕，誰能一一詳。

其二

自古疑天理，伊誰斡化機。
狗衣俄忽變，鴻燕故分飛。
物每偏榮悴，人皆各是非。
橫流難可障，同浴莫相譏。

其三

棘蘭自異遇，藿肉不同謀。
昔哲曾嗟惜，今人謾怨尤。
鶴鳧寧斷續，齒舌有剛柔。
七十終無聞，低垂足可羞。

緩步

林晴山聳散餘霞，緩步平郊到日斜。
草軟閒眠斑處士，溪深極樂水梭花。
化敷上帝咸仁覆，權在東君太侈奢。
桃李村中春似畫，阿誰偕隱兩三家。

其二

倚筇孤嘯意如何？萬象偏於夕照多。
天半鶴盤看好樹，洲邊鷺立聽漁歌。
野無山處雲無迹，葉不風時水不波。
緩步歸來峯月吐，清光依舊考槃阿。

偶吟

遠聽由空外，潛觀在靜中。
天多忽地雨，林有自然風。
物理元無異，人情故不同。
世間千萬事，泂沴任西東。

可歎

紅牌餓死語堪噫，豈意吾身親見之！
窮廬臥歎平生拙，恨不早謀二頃菑。

八月初九日，坤殿誕生元子，慶抃之極，形之於詩

凝祥毓瑞摯塗門，海潤星輝舊樂翻。
華渚流虹徵少昊，高禖彌月赫姜嫄。
歡均率普騰謠頌，慶溢宗祏廣惠恩。
磐石泰山基萬億，詒謀燕翼永垂昆。

訪逗日堂主人，臨別口占以贈

羨君芋栗未全貧，高臥園亭絕世塵。
獨恨酒星囚已久，無緣一作醉鄉民。
【時酒禁甚嚴。】

景遠次三首，故復以三首贈之

泌水衡門樂我貧，衣冠久不染緇塵。

許身<u>稷</u>、契今安在？願作康衢擊壤民。

其二

當車當肉巧居貧，<u>顏蠋</u>猶爲未絕塵。
何似胸中都忘却，遠追三代直行民。

其三

欲語雷同恥說貧，笑看馳逐軟紅塵。
<u>華胥</u>一夢初醒處，誰識千秋後覺民。

登<u>灼</u>洞高峯，感所見

極目荒墟草露溥，人言此地舊雕欄。
當時粧點誰爲主？某是富豪某達官。

岳巖洞藥泉

深林絕壑路縱橫，尋問眞源忽若驚。

細從石罅滲靈液，斜落巖谺作玉聲。

瓢承入口欣甘冽，手掬洗眸覺爽明。

擡首松壇人不見，仙碁何處子丁丁。

【絶壁上松林中，聞落子聲，疑是仙境。】

記九月初一日日候

乍陽纔罷霧，電笑復雷嗔。

風欲偸園果，雨能走路人。

跳珠飛霤急，絢綵霽虹新。

俗態何須道，天心亦不均。

可歎

康健常言病，富厚常言貧，

世無無病客，亦無不貧人。

病言痛欲殊，貧言飢欲死，

欲殊問何似，飛騰輕萬里，

欲死問何似，衣食恣奢靡。

表裏自燕越，傍人徒唯唯，

這箇一死字，不離口與耳，

異哉不謀同，一辭無彼此。

莫是氣數然，無乃習俗使！
言者作茶飯，聽者視例套，
虛實輒混淆，眞偽每顚倒，
縱有可憐者，同歸外面飾，
誰愍二竪沉，不嗟并日食！
世降淳眞喪，但見詐偽長，
稱病與稱貧，不顧人謂妄。
我病且甚貧，眞是不可忍，
欲語羞雷同，且孰以爲信！
對客欲漫應，語言還多窘。
謂健非不好，謂富庸何傷，
只恐日憊頓，不免死道傍。

重陽有花無酒，漫吟【時禁釀】

囚星焚月惜空杯，依舊黃花爛熳開。
謾遶東籬香獨嗅，無心今日上高臺。

與洞內數人上南山，蓋欲試筋力也

兩三好友偶相逢，驚罷幽窓午睡慵。
衰境欲追少壯事，南山擬向最高峯。

直凌絕巘兼層磴，不用芒鞋與竹筇。
俯笑紅塵車馬擾，歸乘落照步從容。

乞景遠家桐移種

桐孫丈許長，移自隣家場。
孤可中琴瑟，老宜棲鳳凰。
玉青元禀性，月霽也生光。
拱把吾知養，休敎愛反傷。

詠不修業而科時奔走者

厭讀耽遊送歲年，科時每乞別人憐。
貧生窮計求餘力，富釀陰謀倚夥錢。
晨夜奔馳如鬼魅，語言騙賺弄機權，
榜中多得懸名字，勝似螢窓抱蠹編。

又詠科擧私囑

公行請囑世風澆，最是科時競晝宵。
排擬考官多秘巧，牢籠詞客事招邀。

字安某處寧憂錯，刀刮幾行更作標。

使勢使錢渾可歎，爲殃爲逆孰能昭。

【時大臣筵奏，"前人言'科場行私者，必有天殃'，又言'爲逆爲賊'"。】

又詠科場弄奸

試官舉子處心同，徇欲忘公作弊風。

廳傔庭軍皆耳目，字標刀擦捻關通。

句頭錄納仍傳札，場外書呈或換封。

代入預題多巧詐，誰將此語徹宸聰？

偶吟

驥不自言寶玉如，天寒遠放伴羊豬。

豪奴故敗主人事，千里長程策蹇驢。

苦寒

逕雪泉氷寒氣獰，鶉衣鵠腹倍傷情。

風乘永夜偏張勢，雲蔽微陽却失明。

下土悲號誰復卹！上天仁愛亦難行。

朱門處處多歌舞，獸炭貂裘樂太平。

自歎

壯歲已烏有？今年又大無。
不材敢望祿！失業誤稱儒。
朋友憐衰朽，兒童笑滯迂。
縱思扶杖聽，難得少須臾。

冬夜

冬夜貧偏苦，爐寒未點燈。
難當衾似鐵，叵忍埃如氷。
自爾皮膚賴，偶然夢寐能，
朝來衣強攬，心骨更凌兢。

詠隣寓賣柴者

無家無食又衰羸，百結鶉衣不掩肌。
日日採樵三十里，償來米價夕還飢。

又詠賣柴者之妻

寄人廊下事多悲，夫壻負薪不免飢。
三稚在房一在腹，單裙汲井淚交頤。

楊根途中，記所見

村村木稼雪中奇，爛熳杏花二月時。
獨也柳條如笑我，千莖白髮滿頭垂。

其二

早發衝寒去，兒童笑且陵。
雪鬢無限白，何事更添氷？

代人挽人

溪釣梭花山採芝，碧梧庭老菀孫枝。
秩躋金紫身強健，壽享耆黃世皥熙。
遇事疑難渠決水，周窮隣里病逢醫。
平生備領人間福，一理寄歸未足悲。

【其人居芝山云。】

偶歎

厥初恒性降烝民，物欲橫流邃失眞。
功名上有非常變，財利中無可恃人。
膠梦私意渾忘恥，梏喪良心却不仁。
安得史魚如矢直，坐令風俗化厖淳。

冬夜求睡不得，口占

冬夜無眠覺夜長，苦寒每欲暫時忘。
強排百念思逾集，堅閉雙瞳睫復張。
睡鄉應是遙千里，醉夢何由做一場。
翻恨醫師偏警惰，青囊只貯却魔方。

獨居無聊，偶思五懶有吟

公然放浪送青年，惟趁群遊獨聳先。
夏工不耐圓三首，冬讀何曾了一篇！
雜流歷訪閒評世，午睡纔醒臥吸烟。

荊圍期迫虛生慾，求買紙毫遍貸錢。【右懶措大】

儀形庸闒語言癡，梳洗誰能逐日爲！
單衫十日縫難畢，一疋三年織太遲。
朝興晼晚恒稱病，午睡支離每諉兒。
秋夜不知驚蟋蟀，滅燈深臥只嘆飢。【右懶婦】

手持烟竹口流謠，笞罵從他送晝宵。
馬餒何曾喂夜草，薪窮不肯採山椒。
屝緣厭織須錢買，鋤廢耽眠任莠驕。
最是平生遺恨在，三時頓喫腹猶枵。【右懶奴】

麥傷秧老謾空談，晚出早歸厭負擔。
烟草吸來贏蝨獵，簑衣𥕥罷午眠甘。
田雖廣占常遲暮，鋤未一回況再三！
公糴私糧皆度外，只期村社大盃酣。【右懶農】

耽遊廢讀走西東，度外明朝誦不通。
楚撻那能回惰慢？誘撕難可化頑蒙。
强對冊書魚變魯，佯聽文義鵠彎弓。
最是主人有事日，欣欣躍出逐群童。【右懶童】

既成五首，猶有未盡底意，復各賦

無憂無事又無心，亂髮欹冠未整襟。
賭釀鬥棊資戲笑，偎妻弄子送光陰。
廢案冊張時謾卷，古人詩句或長吟。
優游環堵難終日，不讀書家遍走尋。【右懶措大】

說時容易做時難，歲月無窮意自安。
亂鬢强梳因母責，殘機不理任郎寒。
手持敗絮垂頭睡，鳥過遙天注目看。
衣綻未縫裙帶褪，夜燈朝旭弄兒歡。【右懶婦】

頭盈飢蝨貌塗鴉，厭事耽遊度歲華。
口燥招呼聞不應，面施責戒怒相加。
夜眠始拭三竿日，春草難鋤半畝瓜。
偶往他鄉逢醉飽，一生長向衆人誇。【右懶奴】

耒耜四隣各自忙，獨渠覓蝨向朝陽。
一耘鹵莽還謀釀，三伏因循未插秧。
織簣半廢愁天雨，灌水旋休怨歲荒。
廚妻恚詈兒童笑，倒臥牛衣眠似羊。【右懶農】

人間可厭莫如文，無味無華强使勤。
飽煖遊嬉元好好，招呼課督苦云云。

阿誰制字爲憂患，反羨隨朋任刈耘。

快意千秋惟呂政，盡收書籍一時焚。【右懶童】

冬夏五處營圖，例有饋問，謾吟

終年書斷故人貽，訊遺偏憐五處爲。

西閩歲儀資餞迒，南營夏扇趁炎曦。

封緘遠地長無忘，親舊平生獨有斯。

莫言例問非情愛，勝似朱門饋以私。

詠得失【共九首，其一在第八卷】

銀盃羽化事荒唐，欺我群童未可詳。

案夢尋蕉難訟鹿，讀書挾筴易亡羊。

壯哉鼠雀何須問！呼以馬牛亦不妨。

君子知天隨所遇，世間得失自茫茫。

詠買賣

古昔淳厖俗已遻，秪將賺騙互相加。

買處弊襦成錦繡，賣時良玉作泥沙。

塵間物價渾無定，天下人心剩可嗟。
世路卽今皆市道，聖雖復起亦如何。

詠窮達

悲窮慕達果如何？窮達吾其付一呵。
馹馬高車憂甚大，衡門泌水樂還多。
花發幽村當富貴，舟驚宦海足風波。
秖應君子知通塞，天上浮雲揔任他。

詠毀譽

誰毀誰譽聖有稱，浮囂俗習苦無恒。
墨池雪嶺多顛倒，水蟹屋烏任愛憎。
各自親疏渾失實，揔因疑似却難徵。
瞥然不顧儻然處，今世何人獨也能！

詠炎涼

寒暑殊聲見異聞，斯須衣狗似浮雲。
延繁送謝機權秘，秉續操衡意緒分。

吏部非關何彥德，馮生善說孟嘗君。

可憐附熱銜泥燕，細逐春風弄影紛。

詠名實

英聲茂實欲相齊，俗尚如今胡太睽？

玉璞衒周懷死鼠，鳳凰騰楚把山鷄。

鄉人折角渾疑郭，醜女顰眉強學西。

古來何限無名氏，湮沒草萊也可悽。

詠辭受

先其廉恥後飢寒，一取一辭大可觀。

明日如何今日好？嗜魚之故受魚難。

高人不屑胡奴米，精義須知仲子簞。

當世滔滔誰識此？以身爲壑自心歡。

詠讒誣

小人脣舌自成群，巧似鼓簧嚄似蚊。

鴟鼠鵁雛應易嚇，珠犀薏苡苦難分。

無數青蠅棲白玉，公然明月蔽浮雲。
南箕貝錦長萋哆，千載空悲紙上文。

痘神

謂痘有神惑蠢氓，萬千忌諱驗丁寧。
我自許多經歷盡，不曾一見這般靈。

養兒

乳養嬰兒賴母恩，稚腸惟恐病爲源，
頗怪世間婦女輩，徑將食物强教吞。

譽兒

造物忌才又忌名，兒雖聰悟戒宜明。
如何<u>福時</u>偏多癖，誇向他人聒不停。

歲末，聞升庠連日設場

歲暮升庠設太勤，雪庭招集日紛紛。
想來多少儒生輩，競囑試官又借文。

其二

逐朔課抄制有常，試官何事若相忘？
晴和時節都過了，直到歲終日日忙。

其三

設場依例定非眞，意內先排榜上人。
可憐無勢無錢者，冒雪衝風浪苦辛。

凶年

年凶穀貴孰無憂，生計惟宜各自謀。
對客輒言飢欲死，不知何怨復何求。

其二

資身無策技無他，況值饑凶秖自嗟。
吾生有命難容力，縱使顛溝亦奈何。

其三

對人接語覰心源，富每言貧貧不言。
先他禦口謊成習，無計圖生置勿論。
第三謂言貧，第四謂不言。

人有以老字賦十二首者，蓋推歎老之意也。 余以爲猶有所未盡
收者，農與卒是也。 遂添之爲十四首，覽之者儻不以爲蛇足也歟

邇來髮短也心長，日課兒孫十數行。
每悔抄書曾太細，自嘆掩卷輒旋忘。
幾番解額千人首，百戰荊圍一夢場。
奇數又當私世界，可憐虛老好文章。【右老儒】

功業蹉跎歲月流，少時志氣夢中留。
鴈門誰繫單于頸？龍額空聞萬戶侯。
白髮皺顏拋鏡泣，寒山虛牖對人羞。

鐵衣星劍今猶在，何遽不如趙馬儔。【右老將】

農家生長老於農，氣力已衰志不慵。
辨察土宜知燥濕，推占歲候驗豐凶。
杏花菖葉仍成曆，麥壟秧畦遍植筇。
少婦亦循勤苦法，暮歸自野夜還舂。【右老農】

早歲折肱技業專，老來端不讓兪、扁。
青囊秘訣傳三世，金櫃神方有十全。
九竅、九藏成熟手，五聲、五色驗多年。
小兒初學渾輕妄，孟浪殺人儘可憐。【右老醫】

鬚根雪滿頰眉癯，方丈坐深弄數珠。
曉禮沙彌隨磬偈，晚齋耆臘共跏趺。
無事掃塵携一帚，有時談古向群儒。
藏龍、解虎玄機妙，欲向中峯借錫盂。【右老僧】

塵埋壁上舊刀槍，白首猶隨皁隸行。
學士循階稱快活，賓僚岸幘共壺觴。
羸老不堪充部伍，謹淳只可守門墻。
日中睡足無餘事，時送健兒戍遠方。【右老卒】

衰年不減舊聰明，遠近爭傳善卜名。
經事未多嫌管輅，敎人以筮學君平。

聽言察色心料揣，握粟懷枑意重輕。
却恐後來難必驗，兩端說去任縱橫。【右老卜】

年益高來術益高，聲名能使小巫逃。
坎缶叢鈴仍燒紙，靈談鬼笑更吞刀。
禬禳諸厄手元滑，驚恐愚氓心幾勞。
椒糈競邀南北巷，婆娑暮齒且遊遨。【右老巫】

奸大似忠僞似眞，白頭閱歷萬千人。
早衙趨處粧恭愼，偸眼看時揣笑顰。
心專絕簿頻乘隙，手熟收錢巧剝民。
更戒廳中群小吏，若逢明府莫因循。【右老吏】

匍匐其行謹訥言，階前獨坐向朝暄。
趨蹌使令經三世，負抱兒郎歷幾番。
氣力已衰難任重，衣糧加厚每稱恩。
時時自說平生事，不忘忠勤戒子孫。【右老奴】

平生歆羨尙書雷，人世偏憐歲月催。
舞衫歌扇疑春夢？樊口蠻腰屬劫灰。
嬌媚那能如少日？經營秪在蓄私財。
朝朝每上主翁壽，典得金釵酒滿盃。【右老妾】

閱歷千人歌舞嬉，歲華倏忽鬢如絲。

心招目挑先天事，門冷鞍稀此日悲。
巧語尚存騙賺術，餘妍猶帶艷粧姿。
清宵欲赴公堂宴，粉黛叢中强掃眉。【右老妓】

詩人謾詠反爲駒，眼凹蹄穿瘦且瘏。
曉月嘶同呼侶鴈，寒天淚下啄瘡烏。
田欲行仁朝贖帛，管能師智夜知途。
摧眉伏櫪心千里，更待明春草可芻。【右老馬】

口齝氣喘臥青山，謝却耒犁自就閒。
任重涉遐力已盡，低頭酸策行惟艱。
放如周武桃林野，隱似老聃紫氣關。
羸病猶存舐犢愛，纔看離去便呼還。
【齝亦作，音治，牛食復出嚼也。右老牛】

乞人

人皆賤看乞人流，我謂乞人不足羞。
昏夜朱門哀乞客，果能勝似乞人不。

偶思坡詩，足成一絕

待漏五更靴滿霜，不如睡足北窓涼。
蘇翁此語眞先獲，潦倒窮廬也不妨。

差典祀官自嘲

官名典祀護皮筒，借馬、借奴馬後空。
罷祭歸來還省事，蒼茫夜色步從容。

送歲

餞迓年年只自憐，今年送歲倍悽然。
斷送人間六十九，明朝卽是古稀年。

庚午元朝

樂天詩句卽今辰，舊語相傳自慰均。
皤然稱壽鬢如雪，正是悠悠七十春。
【白詩云“舊語相傳聊自慰，世間七十老人稀”，又曰“皤然七十翁，亦足稱
壽考”，又曰“昨日復今辰，悠悠七十春”，又曰“白鬢如雪五朝臣，又入新

正第七句"。】

思古人七十之年，謾吟

七十行年亦已多，靜思其奈古人何？
耆英會處昌言舞，真率筵中叔達哦。
萊子無由斑綵樂，楚丘空自索裘歌。
朝衣欲典尋常債，早晚江頭一醉酡。

【耆英會，張問昌言年七十，真率會，叔達七十歲，楚丘先生七十，披裘帶索而歌。】

其二

又入新春倍覺愁，空花眩眼雪盈頭。
鍾鳴漏盡悲田豫，虎搏麋追歎楚丘。
幸到稀年須取醉，虛生一世自含羞。
若爲復見耆英會，序齒二張與共遊。

【魏田豫曰"年過七十而居位，譬猶鍾鳴漏盡而夜行不休，是罪人也"，楚丘先生年七十，見孟嘗君曰"將使我逐麋鹿而搏虎豹乎"，耆英會，張問昌言，張壽景元皆年七十。】

又吟 三絕

夫子從心矩不踰，我雖希聖奈凡愚！
四五十時已無聞，窮廬七耋遂成枯。

其二

邇來百疾苦沉綿，喘喘委床只自憐。
長羨純禧張萬福，不曾言病到稀年。

【張萬福七十，未嘗一日言病。】

其三

酬身每歎侯生癡，痀背堪嗤范老奇。
千秋最有高山仰，能智能愚五羖皮。

又思優老之制，有感

曰悼、曰耆、曰老傳，先王制禮永垂千。
肉豆、酒觴供貳膳，安車、玉杖慰高年，
餔糜更祝鳩無噎，祈壽惟期鶴與肩。

致事優游仍謝客，如今此義弁髦然。

又成一絕

餼鳩於杖杖於國，致政歸家不與賓。
帛以煖之肉以飽，先王優老似天仁。

有人自稱中任，任掌來言余爲洞內尊位，詩以自嘲

洞中尊位底官名，誰薦誰差聽若驚。
稀年始得超高職，中任升廳下任庭。

其二

謂我朝官又已衰，名稱尊位實無司。
始知此任惟公道，不似當今吏部私。

睦景遠示四絕，聊次其韻

柳拂長條風謾斜，草含生意雪還加。

何時爛熳春光到，坐愛分明獨樹花。

其二

偶過西隣雪正繁，幽窻相對兩忘言。
若非君我知心處，終歲孤吟不出門。

其三

忽憶子猷訪剡溪，欲尋西巷忘東西。
縱待前山春日暖，幽蹊其奈花成泥。

其四

同巷年來意轉親，山中又見歲華新。
春城花柳眞公物，可是不嫌老且貧。

景遠擬孟郊體又寄，亦以其體次之

氷雪賣、育不容力，俗風魚、汲猶失直。

東皇仁化獨無爲，逍遙擬待花發時。

庭冰

庭雪成冰棄水添，堅鳦鳦欲齊簷。
卽今敢與太陽抗，早晚難逃春雨霑。

卽事

舍南溪始流，舍北雪猶塞。
可憐春與冬，分在舍南北。

雜謠

鵲巢村中樹，北家之南南家北。
俗傳南吉而北凶，南家惡之北喜色。
南乃乘隙潛緣樹，毀巢取子巢傾踣。
雙鵲繞樹鳴不已，查查三日如訴臆。
【鵲乎爾不智，何不巢廣漠之野無人域？】

其二

貴人坐高軒，長驅大道上，
從者如雲夾道馳，行人辟易不敢向。
路傍有醉人，瞪視若相抗，
貴人顧而笑，笑他醉如泥，
似此何足謂之人？不如踏死奔馬蹄。
醉人口裏道，爾何笑我我笑爾。
爾是長醉不醒者，醉以爲生夢以死。
肉走尸行醉功名，東倒西顛醉豪侈，
醉向朱門附炎熱，醉對紅裙忘廉恥，
國事、民憂醉不省，聖言賢訓醉不視，
一生何曾心神淸？熱中長在酕醄裏。
酒㑇飯囊眞汝謂，駟馬高車空自喜。
我是醉於酒，爾是醉於心，
醉酒心還醒，醉心身仍沉。
我醉欲忘世間憂，爾醉不思眼前禍。
借問誰醉誰非醉？請執塗人較爾我。

其三

鄉人持絹向京賣，出自辛苦機中織。
勢家傔從遇諸塗，忍能對面爲盜賊。

公然認作自己物，縱有標證誰能識？

鄉人怒甚語愈訥，傭人計急持益力。

路傍觀者如堵墻，或欲別白或但默，

倉卒無由辨主客，相與詣官判曲直。

官府問知某家傭，肯爲鄉人垂隱惻！

呼來府吏寫判辭，此事不難分白黑，

彼傭豈敢白畫剽！鄉人所爲未可測。

遂將絹匹與傭人，自誇聽訟奸無匿。

捽却鄉人責且諭，爾得免罪斯我德，

鄉人蹙蹙淚墮地，傭人得得溢喜色。

官能如此方陞遷，雄州鉅牧無不得，

有庫之民抑何罪！嗚呼得不爲之長太息！

其四

里中有小童，年纔十一二，

幼稚失所恃，晚孃偏多忌，

無過爲有過，日日恣笞詈，

人生豈遊食？採樵乃汝事，

多寡在勤惰，往哉莫遊戲。

長安大雪牛目深，風簸漫天寒鼂鼄，

凌晨卽出門，失路動顛躓，

短衣不掩脛，凍肌難運臂。

忍死爬向山坡望，何處尋得乾淨地？

上樹折枯枝，順道拾遺棄，

終日盡其力，皸瘃耳與鼻。

欲窮深遠畏虎豹，欲到昏夜恐陷墜，

日落風急腹又飢，束如鵲巢歸如醉，

却忘凍欲死，只懼不能稱母意。

入門投擔便僵倒，口不能語目但視，

孃乃恚發嗔，兒亦人心不知愧，

不遊不睡豈至此？曰飢、曰寒皆是僞，

置柴兒背摽以出，可將此物飽夕食，

兒不敢答心腸苦，盈襟徹地空有淚。

歎世

世人於父執，頗若自高然，

但數己年長，不知其父年。

其二

凡人邁父祖，世交或世讐，

如何今之世，反忘恩與仇。

老忘

庸言必謹我無能，點檢平生悔莫懲。
年來出語好藏拙，人謂老忘亦自稱。

投牋者

村夫厭事事，嗜好惟投牋，
終日仍達夜，招朋以賭錢。
囚首復赤眼，其狀似狂顛，
囊中錢已竭，身上衣無全，
債貸又典賣，欺騙更窬穿。
隣里尚皆憎，親戚誰復憐！
有妻哭且罵，呼天訴所天，
投牋是何物，使我心腸煎。
有裳攫似偸，有鼎鬻如捐，
邇來三日飢，一去不復旋。
獨夜空歎息，衆稚啼不眠，
惟願溘然昧，痛苦淚如泉。
夫也聞婦言，瞋目遽當前，
萬事從吾好，誰敢數昔愆？
財物時有無，明月尚缺圓，
我今年已長，豈以汝言悛？

父母不能禁，官司猶失權，
女人好細言，應欲飽吾拳。
死生任汝爲，遊戲終吾年。
蹴破盆罌出，意氣揚揚然。

自歎

庸愚衰老百無知，有口猶能發出辭。
若爲閉目吞瘖藥，免被家人罵且嗤。

偶成

在家長顑頷，出外亦迍邅。
藍縣纔三朔，黃郵只一年。
說貧深所恥，安命益當堅。
隣里翻驚訝，朝朝不起烟。
【余十年前，爲藍浦、黃山，皆未久徑遞。又拙於謀生，實不勝艱窶，而未
嘗向人說出。故隣里或以曾經外任，認以爲不貧，近有知其實狀而驚問
者，故以此答之，可供一笑。】

騎馬

騎馬須覓小款段，仕宦當處卑薄地。
騎取逸驚多死傷，仕據權要必顛墜。
世人行險以徼幸，但欲一時快心意。

謝世

謝世知因拙，居家驗用工。
豈眞成啞瞽！仍欲作癡聾。
忘却元無妨，忍過自有功。
已抛千萬事，休責七旬翁。

曉枕

春睡頗甘不覺遲，夢回枕上夜何其？
犬吠、鷄鳴人有語，曚朧知是欲明時。

有嘆

眼明氣健駿奔宜，致仕之年强使爲。

堪歎吏曹差祭者，不思國事只思私。

其二

七十未聞致仕人，內官、外職摠忘身。
獨於守令膠年限，此法頗能聖訓遵。

廣州李氏以孝行旌閭，遍求詩章云，故吟贈

百行爲源爾最純，嗟哉斯世有斯人。
苐栝、柏茂何曾種？魚躍、雉飛摠若神。
艷慕均同鄉里子，風聲永樹聖明辰。
烏頭赤角門楣煥，可聳惟皇降性民。
【苐柏之不種而生，雉魚之不獵而至，皆孝感云。】

睦景遠來訪，仍偕登西城

窮巷忽驚好友尋，相携暇日約登臨。
花因夕照偏誇豔，柳借春風巧弄陰。
隨意移筇迎細草，有時憑堞送遙吟。
老來遊會知難得，只恨深杯未敢斟。

又與諸友登筆園

晴削高峯細路懸，春風筇屐影聯翩，
非無花柳隨行處，最是長安在眼前。
闊展萬家城內外，遙環千峀日暄妍。
優游幸值升平世，不妨白頭學少年。

又遊阿谷鄭氏園

鄭谷深深處，春晴景物繁。
誰知近城市，有此別乾坤！
映柳藏幽屋，開花滿小園，
重來恐失路，疑是武陵源。

雨中桃花亂落

白雨兼將紅雨飛，一年春事已全非。
猶有綠陰黃鳥在，桃花何必獨芳菲。

著者 尹愭

1741年(英祖17)~1826年(純祖26). 18世紀에 活動한 文人으로, 本貫은 坡平, 字는 敬夫, 號는 無名子이다. 幼年期에 文才가 뛰어나 집안의 囑望을 받았다. 20歲에 星湖 李瀷의 弟子가 되어 經書와 詩文을 質正받았다. 33歲에 增廣 生員試에 合格하여 近20年을 成均館 儒生으로 지냈고, 이때 成均館의 모습을 그린 〈泮中雜詠〉 220首를 지었다. 52歲에 文科에 及第하였다. 藍浦縣監과 黃山察訪, 獻納 등을 거쳐 81歲에 正3品의 戶曹 參議에 올랐다. 纖細한 感受性으로 自身의 內面을 描寫하고 自然을 읊었으며 權力者의 橫暴와 兩班 社會의 不條理를 날카롭게 批判하였다. 또 400首의 〈詠史〉와 600首의 〈詠東史〉를 通해 歷史意識을 詩로 形象化하였다. 著書로 《無名子集》이 있다.

校勘標點 金榮植

1967년 충북 진천에서 태어났다. 성균관대학교 한문교육과를 졸업하고, 한림대학교 부설 태동고전연구소에서 한문을 수학했다. 성균관대학교 한문학과에서 석사와 박사 학위를 받았다. 현재 성균관대학교 대동문화연구원 거점번역연구소에 재직 중이다. 박사학위논문으로 〈이규경의 오주연문장전산고 연구〉가 있고, 번역서로 《무명자집》이 있으며, 공역서로 《옛 문인들의 초서 간찰》, 《조선시대 간찰첩 모음》, 《완역 이옥 전집》, 《김광국의 석농화원》 등이 있다.

圈域別據點研究所協同飜譯事業 研究陣

研究責任者　安大會(成均館大學校 漢文學科 教授)
共同研究員　李熙穆(成均館大學校 漢文學科 教授)
　　　　　　陳在敎(成均館大學校 漢文敎育科 教授)
　　　　　　李昑昊(成均館大學校 HK 教授)
責任研究員　姜珉延
　　　　　　金榮植
　　　　　　李奎泌
　　　　　　李霜芽
　　　　　　李聖敏
研究員　　　李承炫

校正　　　　金駿燮

校勘標點

無名子集 3

尹愭 著 | 金榮植 校點

初版 1刷 發行 2016年 12月 30日

編輯·發行 成均館大學校 出版部 | 登錄 1975. 5. 21. 第1975-9號

住所 (03063) 서울市 鍾路區 成均館路 25-2

電話 760-1252~4 | 팩스 762-7452 | 홈페이지 press.skku.edu

組版 고연 | 印刷 및 製本 영신사

ⓒ 韓國古典飜譯院·成均館大學校 大東文化研究院, 2016

Institute for the Translation of Korean Classics·Daedong Institute for Korean Studies

값 20,000원

ISBN 979-11-5550-202-0　94810

　　　979-11-5550-105-4　(세트)